프란츠 카프카 타계 100년

카프카,
카프카

나남
nanam

프란츠 카프카 타계 100년

카프카, 카프카

2024년 6월 3일 발행
2024년 6월 3일 1쇄

지은이   프란츠 카프카(박해현 · 오은환 번역 및 해설)
         김태환 · 김행숙 · 김혜순 · 박돈규
         신형철 · 이기호 · 최승호
발행자   趙相浩
발행처   (주) 나남
주소   10881 경기도 파주시 회동길 193
전화   (031) 955-4601(代)
FAX   (031) 955-4555
등록   제 1-71호(1979.5.12)
홈페이지   http://www.nanam.net
전자우편   post@nanam.net

ISBN 978-89-300-4167-6
ISBN 978-89-300-8655-4(세트)

프란츠 카프카 타계 100년

카프카,
카프카

프란츠 카프카
(박해현·오은환 번역 및 해설)

김태환·김행숙·김혜순·박돈규
신형철·이기호·최승호 지음

나남
nanam

프란츠 카프카
(1883. 7. 3~
1924. 6. 3)

카프카는 20세기를 대표하는 작가 중 한 명으로, 부조리한 사회 속에서 현대인의 소외와 불안을 통찰하고 초현실적 기법으로 표현한 문학으로 세계적 반향을 불러일으켰다. 알베르 카뮈, 밀란 쿤데라, 무라카미 하루키 등 수많은 작가들에게 영향을 미쳤을 뿐만 아니라 철학, 신학, 정신분석학 등 다양한 분야에서 연구되고 해석되어 왔다.

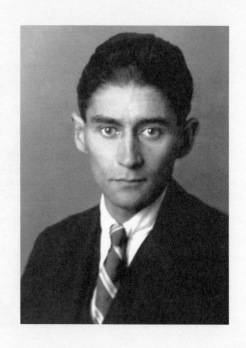

소년 카프카
(1887)

카프카(오른쪽 사진)는 1883년 오스트리아-헝가리 제국 프라하에서 부유한 가정의 장남으로 태어났다. 카프카의 부모 헤르만 카프카와 줄리 카프카(왼쪽 사진)는 성공한 유대인 사업가였다. 아버지는 카프카를 엄격하게 훈육했고, 천성이 내성적이었던 카프카는 강압적인 아버지 밑에서 불안하고 소심한 성격을 가지게 되었다. 카프카 문학 저변에 깔린 절망감이 아버지의 억압으로부터 비롯됐다는 해석도 있다.

카프카의 동생들

카프카에게는 남동생 두 명과 여동생 세 명이 있었다. 남동생 게오르그와 하인리히는 한 살에 병으로 숨졌고, 여동생 가브리엘레와 빌레리(왼쪽 사진), 오틀라(오른쪽 사진)는 중년에 나치 강제 수용소에서 생을 마감했다. 특히 오틀라(1892~1943)는 카프카가 가장 사랑하고 신뢰한 동생이었다. 카프카는 폐결핵 발병 후 취라우에 있는 오틀라의 농장에서 요양하기도 했다. 카프카와 오틀라가 주고받은 120여 통의 편지에서는 '인간 카프카'의 소소한 일상과 다양한 생각을 발견할 수 있다.

법학 박사학위를 받으며(1906)

카프카는 1901년 프라하 카를대학에 입학하여 법학을 전공하고 박사학위를 취득했다. 동시에 개인적으로 문학 공부를 하고 단편 소설 〈어느 투쟁의 기록〉을 쓰면서 작가로서의 삶도 시작했다.

**평생의 벗
막스 브로트와
그에게 보낸 편지들**
(1914)

카프카는 1902년 평생에 걸쳐 우정을 나눈 친구 막
스 브로트(1884~1968)를 만났다. 브로트는 보헤미
안 태생의 작가로 당시 문화계의 샛별이었다. 카프
카는 그에게 자신의 원고를 불태워 달라는 유언을
남겼지만, 그는 이를 거부하고 카프카 작품을 출판
함으로써 카프카 문학이 세상에 알려지는 데 결정
적 역할을 한다.

카프카는 브로트에게 수많은 편지를 보냈다. 이 편
지들은 카프카의 작품 집필 과정뿐만 아니라 사상
과 세계관을 보여 준다는 점에서 중요한 의미를 담
고 있다.

카프카의 드로잉

카프카는 대학 시절부터 글로 표현할 수 없는 신비한 감정과 생각을 노트나 편지에 드로잉으로 표현하곤 했다. 그는 "드로잉은 그 어떤 것보다도 나에게 만족감을 준다"고 했다. 막스 브로트는 이를 모아 컬렉션을 만들었고, 이후 여러 차례 책으로 출간되었다. 현재 카프카의 드로잉은 약 150점이 전해진다.

카프카가 아버지에게 쓴 편지

카프카는 1919년에 아버지에게 47페이지 분량의 편지를 썼다. 유년 시절 내내 가해진 아버지의 질책과 그로 인한 공포가 부자 관계에 미친 영향 등을 설명하는 내용이었다. 이 편지는 아버지에게 전해지지 않았지만, 그의 문학세계를 이해하는 데 중요한 단서가 되었다. 막스 브로트는 이 편지를 이스라엘 국립도서관에 기증했다.

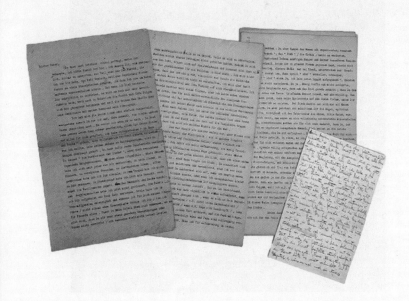

**약혼녀 펠리체
바우어와 함께**
(1917)

카프카는 1911년 막스 브로트의 소개로 폴란드 출신
의 여성 타자수 펠리체 바우어(1883~1960)를 만나
이별과 재회, 약혼과 파혼을 거듭하며 7년간 관계를
이어갔다. 활달하고 유능한 그녀는 단숨에 카프카를
사로잡았고, 그의 창작열에 불을 지폈다. 카프카는
그녀에게 자신의 삶과 문학세계를 보여 주는 500
여 통의 편지를 보냈을 뿐만 아니라 단 하룻밤 사이
에 단편 소설 〈선고〉를 써서 그녀에게 헌정하기도
했다.

연인
밀레나 예젠스카
(1920)

카프카는 투병 중이던 1920년 자신의 소설 〈화부〉
를 체코어로 번역하겠다고 나선 체코의 여성 언론
인 밀레나 예젠스카(1896~1944)와 사랑에 빠졌다.
당시 예젠스카는 유부녀였지만 젊음과 재기발랄함
으로 카프카를 매료시켰다. 카프카는 그녀가 "살아
있는 불꽃"이라고 극찬했고, 예젠스카는 자신과 있
는 동안 카프카의 병은 "가벼운 감기 같았다"고 회
상했다.

카프카의 무덤　카프카는 지병인 폐결핵으로 40세의 나이로 세상을 떠났다. 그의 유해는 프라하로 보내졌고 지슈코프 구역에 있는 유대인 묘지에 묻혔다.

프라하의 카프카 작업실

카프카는 1916부터 1917년까지 프라하성의 황금소로에 있는 작업실에서 살면서 작품을 집필했다. 현재 카프카의 작업실은 서점이 되었고, 그곳에서 카프카가 집필한 《어느 시골 의사》 등을 판매한다.

카프카 박물관
(프라하)

카프카를 기념하는 프란츠 카프카 박물관은 2005 년에 개관했다. 카프카의 초판 원고, 일기, 편지, 드 로잉, 사진, 출판물 등을 비롯해 카프카를 주제로 제 작된 멀티미디어 영상과 미술작품도 전시되어 있다.

〈프란츠 카프카의
얼굴〉(2014)

체코의 미술가 다비드 체르니가 제작한 야외 조각
상으로 프라하 거리에 전시되어 있다. 강철 패널의
복잡성과 형태 변화가 카프카의 다의적 문학세계를
훌륭히 표현했다고 평가받는다.

영화 〈카프카〉
(1991)

스티븐 소더버그 감독, 제러미 아이언스 주연의 할리우드 영화 〈카프카〉는 카프카 소설에 나타나는 '현대인의 불안과 공포'를 미스터리한 사건과 어두운 영상으로 풀어냈다.

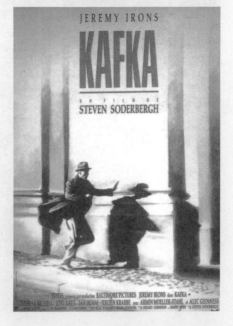

**프라하와
카프카 기념엽서**

카프카는 프라하에서 태어나 성장했으며, 프라하의 노동자재해보험공사에서 14년간 일했다(현재는 위 사진처럼 공사 자리에 호텔이 들어섰다). 그는 생전에 "프라하는 나를 자유롭게 놓아 주지 않는다. 이 작은 어머니는 맹수의 발톱을 가지고 있다"는 글을 남기기도 했다. 체코 관광청에서는 카프카를 기리는 엽서(아래 사진)를 발행한다.

카프카를 위하여

100년 전 6월 3일 프란츠 카프카(1883~1924)가 세상을 떠났다. 일찍이 소설가 존 업다이크는 카프카가 현대인의 의식 구조를 전형적으로 보여 주었다고 풀이했다. 그 전형성이란 세 가지 느낌으로 나타났다는 것이다. 첫째, 정체불명이라서 달래지도 못하는 불안과 모멸의 감지, 둘째, 밑도 끝도 없이 난해한 세상이 개인의 발목을 잡는다는 감각, 셋째, 오랜 관습과 신앙의 외피로부터 발가벗겨진 나머지 모든 접촉에 아파하는 신경 조직처럼 과도하게 예민한 감수성 등이다.

올해 100주기를 맞아 전 세계적으로 카프카 재조명 열풍이 일고 있다. 카프카의 고향인 체코의 프라하를 비롯해 독일, 오스트리아, 프랑스, 영국, 미국 등 여러 도시에서 카프카 문학을 되돌아보는 행사가 다양하게 열리고 있다. 카프카가 남긴 소설과 편지, 일기 등에서 영감을 얻은 각종 전시회, 출판 작업, 학술 심포지엄이 잇달아 쏟아지고 있는 것이다.

나남출판이 펴내는 《카프카, 카프카》는 이런 지구촌 문학계의 흐름에 동참해 카프카의 삶과 문학이 지닌 의미를 오늘날 한국 문학의 관점에서 재조명하려고 기획되었다. 카프카 문학을 탐독하면서 글쓰기의 활로를 찾은 한국의 시인, 소설가, 평론가,

언론인들이 참여했다. 저마다 카프카 문학의 매력을 탐구한 흔적이 선연하다. 카프카 문학의 한국적 향연이라 할 수 있다.

부조리한 미궁의 연속 같은 현실에 직면한 느낌을 가리켜 '카프카에스크kafkaesk'(카프카스럽다 또는 카프카적이다)라고 한다. 그 형용사가 전 세계적으로 통용될 정도로 카프카 문학의 마력은 언어와 민족의 경계를 넘어 확산되었고, 다양한 파생 언어를 생산했다. 한국 문학에서도 '카프카에스크' 분위기는 마치 글쓰기를 부추기는 주술처럼 작용하면서 우리 나름대로의 '카프카에스크' 문학을 형성해 왔다. 나남출판이 내놓는 《카프카, 카프카》는 한국적 카프카 현상을 집적하고 표출한 단행본이다.

소설가 이기호와 시인 김행숙은 말 그대로 카프카스러운 엽편 소설을 써서 보냈다. 카프카 문학을 사숙한 체험에서 길어 올린 서사적 상상력을 펼쳤다. 시인 김혜순과 최승호는 카프카풍風이라고 부를 만한 환상적 상상력의 시세계를 펼친 대표작을 편집자가 기존 시집에서 선택해 엮을 수 있도록 허락해 주었다. 평론가 김태환과 신형철은 카프카 문학의 심연을 날카롭게 파헤치는 비평의 언어를 제시했다. 카프카 문학의 밀실들을 열어젖히는 열쇠 같은 분석과 해석의 에세이를 보내주었다. 박돈규 〈조선일보〉 주말뉴스부장은 연극 전문기자로서 카프카의 소설을 원작으로 삼은 연극 〈빠알간 피이터의 고백〉을 풀이했다. 일찍이 1970년대에 추송웅의 신들린 연기로 주목받은 그 1인극이 그 이후에도 꾸준히 한국 연극계에서 불후의 명작으로 손꼽히는 현상을 분석해 주었다.

나남출판 편집부는 카프카가 폐결핵 투병 중에 남긴 아포리즘 100여 편을 새롭게 번역하고 해설을 달았다. 이 아포리즘은 이미 몇 차례 국내에 소개된 바 있지만, 이번에 나남출판 편집부는 새 번역에 도전했을 뿐만 아니라 모든 아포리즘의 의미를 하나씩 풀어가는 해설을 덧붙였다는 점에서 이채를 띤다. 기존 번역본들이 아포리즘 소개에 치중한 것과는 달리 카프카의 소설, 편지, 일기 중에서 아포리즘 이해에 구체적 도움을 줄 대목을 찾아서 알쏭달쏭한 아포리즘의 숨은 의미를 본격적으로 풀어 보려고 애썼다. 카프카의 아포리즘에 종횡으로 연결된 소설과 산문의 흔적들을 하나로 엮는 데 그치지 않고, 국내외 연구자들의 분석까지 활용해 아포리즘 전편을 종합적으로 해설한 작업이기도 하다.

《카프카, 카프카》는 카프카 문학 애호가들에게 새로운 작품 이해의 지평을 열어젖히고자 한다. 오늘의 젊은 독자들에게는 카프카 문학의 미궁을 흥미진진하게 즐기게 하는 길라잡이가 되기를 바란다.

카프카 100주기를 맞아 그가 뚫어 놓은 전인미답의 문학 세계를 한눈에 파악하는 인식의 전망대에 독자 여러분을 초대한다. 동시에 100년 전에 눈을 감은 카프카의 이름을 다시 부르고자 한다. 카프카, 카프카.

2024년 5월
나남출판 박해현 주필

차례

카프카 월드

잠언

카프카의
아포리즘(1~109)

박해현 번역 및 해설

일러두기

1. 카프카의 아포리즘은 아포리즘 원문과 해설로 구성되어 있다. 프란 츠 카프카(1883~1924)는 폐결핵 진단을 받고서 체코의 시골 마을 취라우에서 1917년 9월부터 1918년 4월까지 요양하던 중 8절판 공책에 아포리즘을 썼다. 카프카의 아포리즘은 카프카의 사상과 문학세계를 이해하는 데 단초가 된다.

2. 카프카의 아포리즘에 대한 해설은 박해현 나남출판 주필이 주관적 해석을 바탕으로 삼은 뒤 카프카의 소설과 산문, 일기, 편지 등에 서 연관성이 있어 보이는 대목을 적용해서 작성한 것이다. 또한 카 프카의 삶과 문학을 다룬 국내외 참고 문헌에서도 큰 도움을 받았 음을 밝힌다.

3. 번역 저본으로는 막스 브로트Marx Brod가 카프카 사후에 편집해서 낸 *Betrachtungen über Sünde, Leid, Hoffung und den wahren Weg*(1931) 와 독일 주어캄프출판사에서 펴낸 *Die Zürauer Aphorismen*(2006)을 사용했다.

– 나남출판사 편집부

1

참된 길은 밧줄 위에 나 있다. 그 밧줄은 허공이 아니라 땅바
닥에서 약간 뜬 채 팽팽하게 뻗어 있다. 그것은 우리더러 지
르밟고 걸으라기보다는 단연코 비틀거리면서 가라고 가로
놓인 듯하다.

카프카는 '아포리즘 · 1'을 1917년 10월에 썼다. 카프카의 아
포리즘에서 '길' 이미지가 자주 등장한다. "목적지는 있지만
경로經路가 없다. 우리가 경로라고 부르는 것은 망설임이다"
(아포리즘·26), "한 사람은 영원으로 가는 길을 너무나 쉽게 갈
수 있다는 사실에 경이로워했다. 사실, 그는 내리막길을 질주
하고 있었다"(아포리즘 · 38) 등등.

　　카프카의 문학세계에 놓인 길은 출발지에서 목적지로 단
숨에 가는 탄탄대로가 아니다. 반듯한 길도 없고 순탄한 여정
도 없다. 보행자를 헷갈리게 하는 미로이기도 하다. 과녁을 결
코 맞히지 못하는 화살같이 우왕좌왕한다.

　　하지만 카프카의 아포리즘 전체를 훑어보면 보행자는 끊
임없이 비틀거리면서도 걸어가야 할 운명을 헤쳐 나갈 자유를

선고받은 듯이 살아간다. 그런데 앞으로 간다고 하지만 사실은 뒷걸음질 칠 수도 있고, 올라간다고 하지만 의식하지도 못한 채 내려갈 수도 있다. 카프카가 제시한 길의 역설은 인간이 빠진 실존의 미궁을 카프카 특유의 블랙 유머로 환기시킨다. 하지만 우리가 쓴웃음을 접고 귀를 더 깊이 기울이면, 그 미궁을 헤매는 과정이 아니고서는 삶의 진실을 찾을 길이 없다는 속삭임이 들리는 듯하다.

'아포리즘 · 1'은 인간이 추구하는 참된 길이 저 높은 이데아 세계에 있지 않다고 한다. 그 길은 분명히 이 낮은 세속에 있다. 고약한 것은 그 길이 휘청거리면서 늘 우리의 발목을 잡는다는 것이다. 하지만 우리가 진실을 찾으러 나서는 한 이리저리 비틀거림은 피할 수 없다. "인간은 지향志向이 있는 한 방황한다"라고 요한 볼프강 폰 괴테가 말한 바와 같이, 카프카의 아포리즘은 진실에 이르기 위해서라면 미궁의 연속이라도 피하지 않겠다는 인간 정신의 치열한 방황의 기록이라고 볼 수 있다.

2

인간의 모든 과오는 조급함, 방법론方法論을 성급하게 포기하는 것, 허울뿐인 사물에 허울 좋은 울타리를 둘러치는 것이다.

카프카는 1917년 10월 무렵 아포리즘과는 별도로 8절판 공책에 쓴 노트를 통해 외부 세계의 허상에 사로잡혀서 내면의 실재를 파악하지 못하는 인식의 한계를 지적했다. "내가 내 방에 대해 알고 있는 지식에 비한다면, 나의 자아 인식이란 얼마나 빈약한 것인가. 외부 세계의 관찰은 존재하지만, 내면세계의 관찰은 결코 존재하지 않는다"라고 단언했다. 겉만 그럴듯한 외부의 객체에 겉만 번지르르한 궤변의 울타리를 치곤 진실을 확보했다고 착각하는 오류에서 진정으로 벗어날 수 있는 인간이 얼마나 될까.

3

인간의 그 모든 죄악을 파생시킨 양대 죄악이 있다. 성급함과 게으름. 성급했기 때문에 인간은 낙원에서 쫓겨났고, 게으르기 때문에 그들은 돌아가지 못한다. 하지만 오로지 하나의 죄악만 있을지도 모른다. 성급함. 성급했기 때문에 그들은 쫓겨났고, 성급하기 때문에 그들은 돌아가지 못한다.

카프카 문학은 기독교 성경의 〈창세기〉에 등장한 '인간 타락 Sündenfall'과 '원죄 Erbsünde'를 남다르게 해석하면서 새로운 인류학의 상상력을 발휘했다. 게르하르트 노이만의 《실패한 시작과 열린 결말 / 프란츠 카프카의 시적 인류학》(신동화 옮김)에 따르면, 카프카 문학의 근원에 자리 잡은 죄의 문제를 이해하기 위해서는 이마누엘 칸트가 인간 타락과 원죄를 기독교 신학과는 다른 각도에서 조명한 것을 참고해야 한다. 칸트에 따르면, 인간 타락은 기독교 신학에 의한 구원으로 없애 버릴 수 있는 것이 아니라, 인간이 자기 자신을 갈고 닦음으로써 계몽의 기회로 삼을 수 있다는 것이다.

카프카도 이와 마찬가지로 기독교의 원죄가 인간에게 부여한 종교적 굴레를 거부하면서 인간이 자유의지를 갖고 내면에 깃든 빛을 찾아 끊임없이 자기 자신을 성찰하고 비판함으로써 자기해방에 이르러야 한다고 봤다. 카프카의 아포리즘은 숱하게 기독교의 실낙원失樂園 신화를 비틀어서 새로운 해석과 서사를 부여했다. 아담과 이브가 뱀의 유혹에 빠져 선악을 구별하는 인식의 나무 열매를 따먹은 탓에 낙원에서 추방됐다는 신화를 신학이 아닌 문학의 관점에서 새롭게 해석하는 비유담比喩談, Parabel의 지평을 열어젖힌 것이다.

이를테면 카프카는 "인류는 죽지 않았지만, 낙원의 인류는 죽었다. 그들은 신이 되지 못했지만, 신성한 깨달음을 얻었다"라고 주장했다. 인간이 세속에서 살아가면서 신성한 인식에 이를 수 있는 가능성을 예찬한 것이다. 카프카는 종교의 교리나 계율, 경전에 구속되지 않은 채 스스로 자유롭게 세속에서 신성한 것을 깨닫는 인간 본연의 영성靈性을 우화의 상상력으로 찾을 수 있다고 내다봤다.

하지만 칸트가 계몽을 통한 인간의 진보를 확신한 것과는 달리, 카프카는 진보를 향한 희망이 곧 진보의 실현을 절대적으로 보장하지는 않는다면서 신중한 입장을 취했다. 그러므로 그는 '아포리즘 · 2'에 이어 '아포리즘 · 3'에서 인간의 성급함이 원죄의 뿌리라고 질타했다. 앞으로 나올 아포리즘에서도 카프카는 인간의 성급함, 즉 느긋하고 깊이 있는 자기성찰의 부족을 지적한 데 그치지 않고, 인간이 성급한 나머지 허위의 세계에 안주하려는 게으름에 빠지기 쉽다고 꾸짖는다. 게으름은 '아포리즘 · 86'에서 '자기합리화를 위한 동기부여에 현혹된 휴식의 욕망'이라는 형식으로 다시 제기된다.

$$4$$

죽은 사람들의 수많은 영혼들이 오로지 죽음의 강물을 핥느라 분주하구나, 그 강물은 우리로부터 흘러나오는 것으로서 우리 바다의 짠맛을 여전히 지니고 있으므로. 그러자 강물은 역겨워하면서 온몸을 곤두세우고, 역류하면서 죽은 사람들을 삶으로 떠밀어낸다. 하지만 죽은 사람들은 행복하다. 감사의 노래를 부르면서 그 성난 강물을 어루만진다.

카프카 특유의 기괴한 상상력이 번득이는 아포리즘이다. 사유의 단면을 섬광 같은 이미지의 힘으로 써 내려간 아포리즘들과는 사뭇 다르게 서사시의 한 대목을 연상시키는 극화劇化 기법을 사용했다. 삶과 죽음 사이에 흐르는 강물을 무대로 삼은 환상 서사가 전개된다. 이 아포리즘은 죽음의 세계 풍경을 제시하지 않는다. 그 대신 삶의 세계에서 발원해 죽음의 문턱까지 흐른다는 강물을 묘사함으로써 삶에 내재된 죽음의 역할,

즉 삶을 긴장케 하는 존재의 유한성有限性을 영상화한 우화로 읽힌다.

예나 지금이나 문학에 죽음의 이미지가 종종 등장해서 일상생활에 가려진 삶의 실체를 일깨우지 않는가. "거울 속의 해골바가지여,/ 너와 마주치기 전에는/ 삶이 그렇게 놀라운 것도 외로운 것도 아니었다"(최승호의 시 〈휘둥그레진 눈〉 중에서).

5

어떤 지점부터는, 되돌아가는 길은 없다. 이 지점은 우리가 이르러야 할 곳이다.

카프카의 미완성 장편 소설《성》의 주인공인 측량기사 K는 먼 길을 떠나 그를 초빙한 성을 찾아간다. 성은 높은 언덕에 솟아 있고, 문을 굳게 잠근 채 어처구니없게도 K를 받아들이지 않는다. 성을 뜻하는 독일어 'Das Schloss'는 동시에 자물쇠를 가리킨다. 성은 근본적으로 외부로부터 폐쇄된 공간인 것. K는 성으로 들어갈 수가 없지만, 되돌아갈 생각을 하지 않는다. 폭설에 잠긴 마을을 거쳐 성으로 들어가는 길을 힘들게 찾아간다. 성으로 가는 길은 굽어지고, 발은 눈밭에 빠진다. 그럼에도 K는 성을 찾아간다. 그 길이 곧 그가 이르러야 하는 지점이기 때문이다.

6

인간의 자라남을 결정짓는 순간은 영원히 존재한다. 그래서 모든 앞선 것들이 부질없다고 천명하는 혁명적 정신의 운동은 참으로 옳다. 아무런 일도 아직 일어나지 않았으니까.

카프카는 막스 브로트에게 보낸 편지에서 "해방을 위한 기회들이 무한하지 않다면, 우리 삶의 각 단계마다 특별히 그럴 기회들이 없다면, 기회란 아예 처음부터 없는 것이라네"라고 썼다. 그는 역사의 진보를 통해 인간이 자라난다고 생각했다. 흔히 카프카를 절망의 늪에 빠진 허무주의자로 생각하기 쉽지만, 그는 '아포리즘·1'에 썼듯이, 휘청거리는 길 위에서 비틀거리면서라도 참된 길을 걷자고 촉구했다. 그는 그 참된 길을 통해 '인간의 자라남die menschliche Entwicklung'이 영원히 계속된다고 믿었다. 그는 허망한 인생이지만 그래도 희망을 품고 앞으로 나가서 결코 되돌아올 길이 없는 곳까지 이르고자 하는 삶의 태도를 유지했다.

7

악이 구사하는 가장 효과적인 유인책 중 하나는 결투 신청이다. 그것은 침대에서 끝을 보기 마련인 여자와의 결투와 같다.

카프카는 1913년 8월 일기에서 섹스에 대한 혐오 내지 두려움을 토로했다. 그는 부부의 성생활에 대해 "성교는 둘이 함께 지내는 행복에 대한 처벌"이라고 썼다. 그러면서 나중에 두 번의 약혼 끝에 파혼하고 헤어지게 될 펠리체 바우어에게 그런 처벌을 강요할 수는 없다는 입장이었다. 그녀를 분명히 사랑하지만, 숨 막힐 정도의 두려움과 자책에 파묻혀 있었다는 것.

앞뒤 맥락을 살펴보면, 카프카가 정상적 결혼생활의 부담을 견디지 못한 상태에서 파혼을 결행하기 위한 위악적 몸짓을 아포리즘과 일기에 남긴 듯하다. 그는 그 이후 일기에서도 "성기가 밤낮으로 괴롭힌다"라며 성욕의 악마성에 진저리를 쳤다. 독문학자 조정래는 《프란츠 카프카 읽기의 즐거움》에서 "카프카의 개인적 경험으로 볼 때 많은 금기 사항으로 제한되고 있는 성性은 일종의 너러움과 동일한 지평에 놓인다"라고 풀이했다.

8 · 9

악취를 풍기는 암캐, 새끼 여러 마리를 낳곤 온몸이 여기저기 썩어 버린 그 개는 어린 시절의 내게는 전부였다가 이제 나를 줄곧 졸졸 따라다니는데, 때려 줄 마음이 도저히 생기지 않아서 그 숨결을 피하느라 한 발 한 발 뒤로 물러서지만, 내가 달리 결단을 내리지 않는다면, 그 개는 벌써 눈에 보이는 구석으로 나를 몰아넣곤 내 위에 올라탄 채 나와 함께 완전히 썩어 가려고, 마지막 순간까지 ─ 내가 드높여지는 것인가? ─ 고름이 잔뜩 끼고 벌레가 들끓는 혓바닥으로 내 손을 핥아댈 텐데.

한 문장으로 숨 가쁘게 전개되는 아포리즘이다. 아무리 멀리 공을 던져도 반드시 입에 물고 돌아오는 개처럼 흘러간 시간의 강물은 어김없이 되돌아와서 막다른 골목에 몰린 인간의 턱 밑까지 차오른다. 카프카가 유년 시절에 키운 암캐는 그런 시간처럼 어느덧 성인이 된 카프카를 퇴로가 없는 구석으로 점차 몰아넣는다. 섬뜩한 장면이 아닐 수 없다. 그런데 사실은 카프카가 스스로 더는 발길을 되돌릴 수 없는 곳으로 비틀거리면서 다다른 것이다. 그 지점에서 카프카는 문득 삶의 고양高揚을 느낀다. 아무튼 그가 선택한 길을 걸었기 때문이다. 끝까지 따라온 암캐는 카프카를 물어 버리는 게 아니라 제 새끼를 달래듯이 혀로 핥아 준다.

카프카는 이 아포리즘에 원래 8번을 붙였다가 다른 공책에 옮기면서 착각했는지 9번을 부여했다. 나중엔 마음에 들지 않았는지 통째로 지웠다. 카프카의 사후에 막스 브로트는 아포리즘을 편집하면서 이 글이 불쾌감을 준다고 해서 빼 버렸다. 하지만 다른 연구자들이 편집한 판본에서는 이 글이 되살아났다.

10

A는 오만방자하다. 그는 자신이 착하기로는 남들보다 훨씬 앞선다고 자부한다. 왜냐하면 분명히 늘 유혹적인 이목의 대상인 그가 지금껏 알지 못한 방향에서 오는 점점 더 많은 유혹에 노출되어 간다고 느끼기 때문이다. 하지만 제대로 설명

하자면 그의 안에 마왕魔王이 깃들어 있는데, 그보다 작은 숱한 악마들이 마왕을 섬기려고 몰려드는 것이다.

카프카의 단편 소설 〈선고〉에서 주인공 게오르크의 아버지는 아들에게 "넌 원래 순진무구한 아이였으나, 그보다 더 근본적으로는 악마 같은 인간이었다. 그러니 잘 들어라, 너에게 물에 빠져 죽는 형벌을 선고한다"라면서 질타한다. 막스 브로트가 쓴 평전 《나의 카프카》에 따르면, 카프카에게 악이란 '개인이 지속적으로 선할 수 없다는 사실'이었다고 한다. 카프카 문학은 그러한 악의 인식을 통해 선의 한계를 지속적으로 반성하자는 호소가 아닐까.

그런데 카프카가 남긴 딘편 산문 〈산초 판자에 대한 진실〉은 누구나 내면에 악마를 품고 있다는 전제에서 그 악마를 뜻밖에도 무해한 존재로 길들이는 방법을 기발하게 그려냈다. 그러기 위해 카프카는 세르반테스의 소설 《돈키호테》를 비틀고 뒤집어 버렸다. 기사의 모험담과 피카레스크 소설을 아주 많이 읽은 이는 돈키호테가 아니라 산초 판자였다는 것. 기사도 소설에 미친 산초 판자는 내면에 깃든 악마를 돈키호테라 이름 짓고, 그 악마를 밖으로 꺼내 광란의 기행을 벌이게 했다. 그럼으로써 산초 판자는 악마를 떼어 놓는 데 성공한 것. 그 악마는 남에게 해코지하지 않았다. 그의 유일한 표적은 산초 판자였지만, 몸종으로 삼았으니 건드리지 못했다. 카프카는 산초 판자가 돈키호테의 좌충우돌을 따라다니며 죽을 때까지 즐겼다고 썼다.

11 · 12

한 알의 사과에 대해서도 견해의 차이가 있을 수 있다. 식탁에 놓인 사과를 좀 더 가까이서 보려고 목을 길쭉이 빼야 하는 꼬마의 견해와 그 사과를 집어선 함께 밥 먹는 사람들에게 마음대로 건네주는 가장家長의 견해.

카프카는 이 아포리즘에 11번을 붙였다가 다른 종이에 옮겨 적으면서 12번을 부여했지만 통째로 줄을 그어 지워 버렸다. 그가 착각을 했는지, 또는 별도의 12번 아포리즘이 있는데 나중에 폐기해 버렸는지는 확실치 않다.

카프카는 아포리즘을 통해 성경의 〈창세기〉를 여러 차례 비틀었다. 여기에 등장하는 사과는 아담과 이브가 따먹었다는 '선악을 알게 하는 나무의 열매'와 무관해 보이지 않는다. 사과를 먹고 싶어 목을 빼는 꼬마는 사과를 따려고 손을 뻗은 이브를 떠올리게 한다.

하지만 카프카는 기독교와 유대교의 신학에서 벗어나 자유분방하게 독자적 우화의 세계를 지어냈다. 사과의 통제권을 쥔 가장과 그 사과를 나눠먹는 사람들이 애틋하게 사과를 갈망하는 꼬마와 대비됐다. 그럼으로써 〈창세기〉를 나름대로 해석한 카프카의 견해를 웃음 섞인 방식으로 제시했다고 볼 수 있다.

13

인식의 시작을 알리는 첫 징후는 죽고 싶다는 소망이다. 이
곳의 삶은 견딜 수 없고, 다른 곳의 삶은 도달할 수 없어 보인
다. 인간은 죽고 싶은 마음을 더는 부끄러워하지 않는다. 인
간은 혐오스러운 옛 감방에서 나와 장차 때가 되면 혐오하게
될 새 감방으로 옮겨지기를 간청한다. 동시에 마지막까지 남
은 믿음이 함께 작동한다. 죄수가 이감되는 도중에 교도소장
이 우연히 복도를 지나다가 그 죄수를 보더니 "이 사람을 다
시는 가두지 마라. 그는 나와 함께 갈 것이다"라고 말하리라
믿는 것이다.

여기에 등장하는 교도소장Der Herr은 신으로 번역될 수도 있다.
카프카는 죄수의 덧없지만 그나마 유일한 희망을 그린 이 아
포리즘과는 별도로 8절판 공책에 죄수를 다룬 짧은 우화를
적어 두었다. 어느 죄수가 교도소 마당에 교수대가 세워진 것
을 보곤 한밤중에 탈옥해 스스로 교수대에 목을 매달았다는
것. "자신을 떨쳐 버리는 것이 아니라 자신을 다 소진해 버리
는 것"이란 카프카의 한 줄 메모도 그 죄수의 우화와 연관이
있어 보인다.

14

네가 평야 위를 걸어가면서, 가고자 하는 열의가 넘치는데도, 계속 뒷걸음질 친다면, 그것은 절망적인 일이다. 하지만 네 자신이 밑에서부터 우러러보일 만큼 가파른 비탈을 기어오른다면, 뒷걸음질은 단지 경사傾斜 때문에 발생할 수도 있으므로, 절망할 필요가 없다.

1917년 8월 각혈을 한 카프카는 의사로부터 폐에 결핵균이 침투했다는 진단을 받았다. 그는 약혼녀 펠리체 바우어에게 통보한 뒤 직장(노동자재해보험공사)에서 휴가를 얻어 여동생 오틀라가 있는 시골 마을 취라우로 요양하러 갔다. 그는 취라우에서 펠리체와 파혼하기로 결심했다. 그는 그녀를 종종 일기장에 'F'로 표기했다.

　카프카는 그해 9월 15일에 쓴 일기에서 자신을 '너'라고 부르면서 결심을 내비쳤다. "형편이 허락되는 한, 너는 새 출발을 할 기회를 지니고 있다. 그것을 내던지지 마라. 만약 네가 네 자신의 내부를 계속 파 들어가면, 머리 위로 쏟아지는 흙더미를 피할 수 없다. 그 속에서 뒹굴지 마라. 네 폐의 병균 감염이 단지 하나의 상징이기만 하다면, 네 말대로, 그 감염이라는 상징의 염증은 F로 불리고, 그 심층은 깊이 있는 정당화가 된다."

　'아포리즘·14'에서 카프카의 분신인 '너'의 뒷걸음질은 질병을 비롯한 여러 사정으로 인해 파혼을 할 수밖에 없는 상황을 비유한 것으로 보인다. 카프카는 창작에 전념하기로 하면서 정상적 결혼생활이 어렵다고 판단했고, 병약한 육체의 족쇄도 그를 괴롭혔다. 결국 막스 브로트의 만류에도 불구하고 파혼 결심을 굳힌 카프카는 절망하지도 말고, 그 절망의 늪에서 뒹굴지도 말라고 자신을 다그쳤다.

15

깨끗이 쓸자마자, 거듭 마른 낙엽으로 뒤덮이는 가을 길처럼.

카프카의 아포리즘에서 '길'은 참된 것을 찾아가는 여정을 가리킨다. 인간은 가을에 길을 덮은 낙엽을 쓸어 내지만, 그 길은 곧 낙엽으로 다시 뒤덮이므로 인간은 빗질을 거듭할 수밖에 없다. 참된 것을 찾아가는 과정은 이처럼 영원회귀를 수행하는 것이 아닐까. 가령 "시인이 시를 쓰는 것은 이미 시인이 되어서가 아니라 매번 시인이 되기 위해서다"(평론가 신형철)라는 일갈처럼 인간의 자기 계발은 매번 결정적 순간을 맞는다. 마치 "바다는 늘 다시 시작한다"(폴 발레리)라는 시구처럼.

16

새장 하나가 한 마리 새를 잡으러 갔다.

카프카의 아포리즘이 앞서 죄수와 감옥을 등장시킨 것을 염두에 둔다면, 새와 새장의 비유는 자유 상실의 우화를 함축한다. 카프카 특유의 부조리한 상황 설정에 토대를 둔 것이다. 새장에 갇힌 새가 탈출하고자 애쓰기보다는 자발적으로 새장의 규율에 복종하는 알레고리가 성립된다. 감시와 처벌의 체제에 적극 순응하는 것이 '카프카 월드'에서는 성실한 시민의 어처구니없는 일상이므로.

카프카의 단편 소설 〈학술원에 드리는 보고서〉는 근대 초기 유럽 사냥꾼들이 아프리카에 가서 마치 새장이 새를 잡듯이 원숭이를 포획한 뒤 곡예단의 흥행거리로 부려먹던 사회상을 반영한다. 이 소설은 원숭이 '빨간 피터'가 인간 사회에 동화된 과정을 유창한 인간 언어로 발표하는 보고회를 마치 생중계하듯이 원숭이의 시점에서 그려낸다. 그 원숭이의 삶은 카프카를 비롯한 유대인들이 유럽 사회에 적응해서 살아간 역사를 빗댄 것으로 봐도 무방하다.

원숭이 '빨간 피터'는 사냥꾼에게 포획돼 인간 사회로 끌려온 뒤 원숭이로서의 기억과 아집을 포기했다. 그는 문명사회에서 '자유로운 원숭이'로 거듭나 자발적으로 속박을 받아들였기 때문에 인간에 버금가는 존재로 발전했다고 자랑스러워했다.

17

이런 곳에 나는 한 번도 와 본 적이 없다. 호흡이 달라지고, 태양보다 그 옆의 별이 더 환하게 빛난다.

카프카는 취라우에서 요양하던 중 펠릭스 벨취에게 보낸 편지에서 "이 시골 생활은 아름답고, 그런대로 지낼 만하네. 무엇이, 모든 의미에서, 호흡에 더 좋을 수 있을까?"라고 썼다.

독문학자 이주동의《카프카 평전》에 따르면, 카프카는 취라우의 농촌생활을 만끽하면서 새로운 글쓰기를 염두에 두고 있었다고 한다. 전통적 교양 신화를 아이러니하게 해체하거나 변형시켜서 새로운 전설을 빚어내는 단편 산문을 시도한 것이다. 프로메테우스 신화를 재해석해서 쓴 단편 산문〈프로메테우스〉가 대표적으로 손꼽힌다. 이주동은 "카프카는 여기에서 전통적 신화가 본래 지니고 있는 초월성이나 본질성을 상대화해 다양한 해석의 가능성을 제시하고 있을 뿐 아니라 극단적으로는 신화가 지닌 '진실 근거의 불가해성'까지 선언하려는 듯이 보인다"라고 풀이했다.

프로메테우스

프로메테우스Prometheus에 대해서는 네 가지 전설이 있다. 첫 번째 전설에 따르면, 그는 신들의 비밀을 인간에게 누설한 죄로 캅카스 산의 바위에 묶였고, 신들은 독수리들을 보내 영원히 다시 자라나는 그의 간을 쪼아 먹게 했다.

두 번째 전설에 따르면, 쪼아대는 부리의 고통을 견디지 못한 프로메테우스는 스스로를 바위에 점점 더 깊게 짓눌렀고 결국에는 바위와 하나가 되었다.

세 번째 전설에 따르면, 수천 년이 흘러 그의 배반은 잊혀졌다. 신들도 잊었고, 독수리들도 잊었으며, 그 자신도 잊었다.

네 번째 전설에 따르면, 모두는 이 끝없는 일에 지쳤다. 신들도 지쳤고, 독수리들도 지쳤으며, 상처도 지쳐 아물었다.

남아 있는 것은 해명할 수 없는 바위산뿐이다. 전설은 해명할 수 없는 것을 해명하고자 한다. 진실의 밑바탕에서 생겨난 그것은 마침내 해명할 수 없는 것으로 끝날 수밖에 없다.

카프카는 교양 신화를 패러디하는 작업을 통해 신화의 절대성을 해체하면서 그 신화의 파생체로서 다양한 전설들을 고안했다. 그로 인해 기존의 프로메테우스 신화는 새로운 전설들을 낳으면서 다채로운 해석의 지평을 제시하게 됐다. 신화가 강요하는 서사의 수직 체계가 무너지고 여러 전설들이 등장하면서 어느 하나라도 절대적 권위를 누리지 못하는 의미의 수평 체계를 형성한 것. 전설들은 저마다 진실의 밑바탕에서 생겨났지만, 그 진실을 설명하기보다는 암시하거나 새로운 질문을 던지는 차원에 머문다. 그런 의미에서 카프카가 단편 산문을 통해 제시한 전설은 다양한 해석의 가능성을 내포한 비유담의 세계를 펼쳐 보이고, 카프카의 문학 전체를 수수께끼의 미궁으로 만들어 버린다. 시작은 있지만, 끝이 없는 문학

또는 단순한 해답을 허용하지 않는 문학이 '카프카 월드'를 구축한다.

18

바벨탑을 오르지 않고 건축하는 것이 가능했더라면, 그것은 허락되었을 것이다.

이 아포리즘은 '아포리즘·69'와 짝을 이룰 수 있다. "이론적으로는 완벽한 행복의 가능성이 있다: 자기 내부에 깃든 불멸의 요소를 믿되 그것을 추구하지 않는 것."

카프카는 바벨탑의 은유에 대해서 쎄 깊이 고민했고, 다양하게 변용했다. 바벨탑 신화를 다룬 그의 단편 소설 〈도시의 문장紋章〉에 따르면, 처음 바벨탑을 쌓은 사람들은 의욕적이었다는 것이다. 금방이라도 하늘에 닿을 탑을 지을 줄 알았다. 그러나 세월이 가면서 사람들은 기술의 한계를 절감하곤, 다음 세대가 더 나은 솜씨로 탑을 완성할 거라고 믿었다. 더는 탑을 쌓을 의욕도 잃었다. 그 대신 사람들은 탑을 건설하는 도시를 웅장하게 꾸미는 데 더 신경을 썼다.

그런데 치열한 개발 경쟁으로 인해 사람들 간의 갈등이 심해졌고, 급기야 내전이 발생했다. 탑이 방치된 채 전쟁은 세대가 바뀌어도 계속됐다. "이 도시에서 생겨난 전설들과 노래들은 한 거인이 다섯 차례에 걸쳐 거듭되는 주먹질로 도시를 박살

내리라는 어느 예언된 하루를 향한 갈망으로 가득 차 있다. 그런 까닭으로 이 도시의 문장紋章에 움켜쥔 주먹이 들어가 있다."

19

악이 너로 하여금, 너의 비밀을 악으로부터 숨길 수 있다고 착각하게 만들도록 내버려 두지 말라.

카프카는 아포리즘을 통해 여러 차례에 걸쳐서 악과 악령에 대해 고민한다. '지금 여기에 존재하는 것보다 더 악마적인 것은 없다'라면서 삶의 악마성에 진저리를 친다. 그는 악으로부터 벗어날 수 없는 인간 본성의 한계를 인정하지 않을 수 없다. 하지만 인간이 악으로부터 숨을 수 있다고 착각하는 것이야말로 자기기만이라고 여긴다. 스스로를 속이는 것이야말로 악마적인 것보다 더 나쁘고, 영원히 허위라는 악령의 늪에서 헤어 나오지 못하는 것이라고 여긴다.

20

표범들이 사원寺院에 난입해서 신성한 항아리에 든 음료를 한 방울도 남기지 않고 다 마셔 버린다. 이런 일이 거듭되면서 결국에는 예상 가능해졌고, 제의祭儀의 일부가 된다.

카프카는 원시 신앙의 탄생을 다룬 연구서를 읽고 1916년 6월 2일 일기장에 독후감을 적었다. "원시 시대의 인간들은 제의를 거행하면서 스스로 토템 신앙을 위한 동물들을 창조했다"라는 것. 신앙이 먼저 있고, 제의가 시작된 것이 아니라 제의를 통해 신앙이 생겨났다는 주객전도主客顛倒의 종교관은 카프카 문학의 밑바탕에서 늘 왕성하게 뻗어간 풍자의 뿌리였다.

21

손이 돌을 움켜쥐듯이 야무지게. 하지만 야무지게 움켜쥐는 것은 오로지 돌을 더 멀리 던지기 위함이다. 그런데 길은 그 먼 곳까지도 나 있다.

카프카는 취라우에서 요양생활을 시작하던 9월 초 일기장에 "되풀이해서 똑같은 상처 부위가 거듭 터지게 하고, 숱하게 수술했음에도 그 상처가 다시 치료받는 꼴을 바라보기, 그것은 고약하다"라고 썼다. 그렇다면 돌을 아무리 멀리 던져도 길이 그보다 늘 앞서 더 멀리 나아간다는 부조리한 상황은 폐결핵에 감염된 상태가 개선될 기미가 보이지 않는 가운데 그 고통을 야무지게 움켜쥐고서 앞으로 나아가야 하는 자신의 처지를 형상화한 것으로 보인다. 마치 시시포스 또는 프로메테우스가 영원히 똑같은 형벌을 끊임없이 치러야 하듯이.

22

네가 숙제다. 학생은 사방을 둘러봐도 없다.

카프카는 2인칭 '너du'를 사용해 자기 자신을 종종 가리켰다. 숙제die Aufgabe는 의무, 임무, 과업 따위도 뜻하는데, 카프카는 취라우에서 막스 브로트에게 보낸 편지에서 '자기구원'을 과제라고 지칭했다. "그 누가 자신의 과제와 씨름하면서 '괴로움, 죄의식, 무력감' 따위를 느끼지 않을 수 있는가? 하물며 자신을 구원하는 과제인데. 누구든 스스로 구원되지 않고서야 누구를 구원하겠는가?"

자기구원에 이르는 길을 찾는 숙제는 책 읽기를 통해서도 해결할 수 있다. 카프카는 "많은 책이란 자기 자신의 내면에 있는 성城에서 미지의 방들을 하나씩 여는 열쇠와 같다"라고 말했다.

23

진짜 적수를 만나야 무제한의 용기가 네게 옮겨간다.

카프카는 신작 소설을 쓰던 막스 브로트를 격려하려고 보낸 편지에서 '적수'를 언급했다. "이것이야말로 삶과 죽음의 차원에서 진정한 투쟁이고, 그것을 성취하느냐 마느냐는 별개로 남잖아. 적어도 사람은 적수를 만났거나, 아무튼 그 적수가 하늘에 번득이는 걸 본 것이지."

24

네가 딛고 선 땅은 그것을 덮고 있는 두 발보다 넓을 수 없다는 행운을 깨달아라.

카프카의 단편 산문 〈결심들〉에 이런 대목이 나온다. "따라서 아마도 모든 것을 공손하게 받아들이는 최상의 묘수妙手는 너 자신을 옴짝달싹하지 않는 물체로 만드는 것이고, 비록 네가 옮겨진다고 할지라도, 단 한 발자국도 불필요하게 떼려는 유혹에 넘어가지 않는 것."

25

세상은, 그 안으로 도피하는 것 외에는, 즐길 방법이 있는가?

세상으로부터 도피해서 초월을 찾지 말고, 초월의 유혹으로부터 세상 속으로 도피한 뒤 현세와 투쟁하는 즐거움을 누리면서 구원의 길을 찾으라는 주문이 아닐까.

　카프카는 이미 '아포리즘·1'에서 참된 길은 허공에 있지 않고, 땅바닥보다 약간 높은 위치에 놓여 있다고 주장했다. 즉, 형이상학적 피안은 그가 찾아가려고 했던 곳이 아니었다.

26

숨을 곳은 수없이 많고 구원에 이르는 길은 하나뿐이지만, 구원받을 가능성 또한 숨을 곳만큼 많다. 목적지는 있지만 경로經路가 없다. 우리가 경로라고 부르는 것은 망설임이다.

카프카는 '참된 길'이 하나뿐이라고 되풀이했다. 갈 곳은 많지만, 걸어야 할 길은 하나뿐이라는 것이 카프카의 좌우명이었다. 문제는 그 참된 길의 발견이 참으로 어렵다는 사실이다. 헛된 길을 성급하게 참된 길로 착각하기도 쉽다. 따라서 '인간의 모든 과오는 성급함'이라고 일갈한 '아포리즘 · 2'를 되돌아보면, 카프카 특유의 '적극적 망설임'이라는 모순이 진정한 삶의 실천이라고 생각할 수 있다.

27

부정적인 행동을 하라는 것은 우리에게 지워지는 짐이다. 긍정적인 것은 벌써 처음부터 우리 안에 주어져 있다.

카프카는 실존의 부조리에서 벗어나지 못한 인간의 절망적 상황을 예민하게 탐구한 작가임에 틀림없다. 하지만 그는 인간성을 부정하거나 인간 그 자체에 대해 절망하지는 않았다. 그는 인간 본성에 내재된 긍정성을 분명히 인식했다. 그는 세속을 지배하는 인간의 부정적 측면을 개탄하는 한편 고독한 글쓰기를 통해 내면의 긍정적 측면을 소중하게 가꿔 나갔다. 그의 문학은 여리고 연약한 인간 영혼이 세상을 지배하는 악령에 맞서 치켜든 촛불의 노래였다고 볼 수 있다.

카프카 소설을 체코어로 번역하면서 연인이 된 언론인 밀레나 예젠스카는 1924년 6월 3일 카프카가 숨지자 일간지로부터 추도사 청탁을 받았다. 그중 일부는 이랬다. "그는 방어 수단이 없는 인간을 찢어 버리고 파괴하는, 눈에 보이지 않는 악령들로 세상이 가득 차 있다고 봤습니다. 그는 너무 명석하면서 너무 현명했기 때문에 세상에서 살 수 없었고, 너무 연약해서 싸우지도 못했습니다. 그의 연약함은 고귀하고 아름다운 사람들이 살아가는 방식이었습니다."

28

우리가 일단 악을 마음속에 받아들이게 되면, 악은 우리더러 자기를 신뢰하라고 더는 요구하지 않는다.

카프카의 단편 〈자칼과 아랍인〉에서 자칼 무리는 아랍인이 던져 준 낙타 시체에 달려들어 물어뜯기 바쁘다. 그 장면이 너무나 악마적으로 잔혹한 나머지 한 아랍인이 채찍을 들어 자칼 무리를 때리려다가 주변의 만류로 포기하면서 "습성대로 하 도록 내버려 둡시다"라고 말한다.

29

네가 악을 마음속에 받아들이는 꿍꿍이는 네 것이 아니라 악의 것이다. 동물은 스스로 주인이 되려고 주인의 손에서 채찍을 빼앗아 스스로를 때리지만, 그것이 주인의 채찍 끈에 새로 생긴 매듭에서 만들어진 환상에 불과하다는 사실은 모 른다.

호르헤 루이스 보르헤스는 카프카의 대표작을 엄선한 책《독 수리》(조원규 옮김)를 엮으면서 쓴 서문을 통해 이 아포리즘을 가장 좋아하는 카프카의 작품들 중 하나로 꼽았다. 보르헤스 는 "카프카의 가장 분명한 장점은 허용할 수 없는 상황을 만들 어 내는 솜씨이다. 몇 행만으로 그는 영원히 남을 상처를 새겨 넣는다"라고 평가했다.

30

어찌 보면, 선善이란 위안을 주지 않는다.

카프카는 8절판 공책에 이 아포리즘과 연관된 메모를 남겼다. "악은 선에 대해 알지만, 선은 악에 대해 무지하다"라는 것. 카프카는 악이 선을 능가하는 힘을 지니고 있다는 측면에서 인간 본성의 치유될 수 없는 한계를 절감했다.

막스 브로트는 평전《나의 카프카》를 통해 카프카는 개인이 지속적으로 선할 수 없다는 사실을 놓고 내면의 투쟁을 벌였다고 회상했다. 카프카가 "나는 서서히 그리고 쓸쓸하게 악으로 움직인다. 악은 내 뒤에서 줄곧 내 결정을 기다리고 있다"라고 말했다는 것이다.

31

극기克己는 내가 추구하지 않는 것이다. 극기란 이런 뜻을 지니고 있다. 내 영혼의 실존이 끝없이 방사放射하던 중 우연히 어느 지점에서 효과를 발휘하기를 바라는 것. 하지만 내가 주변에 원을 그려야 한다면, 아무것도 하지 않고 그리는 편이 더 낫다. 그저 그 거대한 복합체에 경이로워하면서 바라보고는 도리어 이런 풍경이 제공하는 활력소만 집으로 갖고 가는 것.

카프카는 이 아포리즘을 쓸 무렵 펠릭스 벨취에게 보낸 편지에서 건강 회복에 대해 "회복 의지야 내게도 있지. 또한 반대 의지도 지니고 있어"라고 밝혔다. 그는 폐결핵을 극복해야 할 대상으로 삼기보다는 자기 자신을 오롯이 성찰하게 하는 동반자로 여기면서 수용하는 태도를 보여 주었다. 질병과 싸우면서 얻는 삶의 활력소를 '행복한 불행'으로 여겼다고나 할까.

32

까마귀들은 천국을 파괴하려면 까마귀 한 마리로도 충분하다고 주장한다. 두말할 나위 없이 옳은 말이지만, 천국에 반대되는 그 무엇도 증명하지 못한다. 왜냐하면 천국은 까마귀들에게 불가능한 것이므로.

카프카라는 이름은 체코어로 갈까마귀를 뜻하는 'Kavka'와 발음이 유사하다. 카프카 집안의 문장紋章이 까마귀였음은 잘 알려진 사실이다. 까마귀가 지닌 불길한 상징성이 카프카 문학의 음울한 분위기와 잘 어울린다고 생각하기 쉽다. 하지만 카프카는 동물 우화를 여러 편 썼음에도 까마귀를 전면에 등장시킨 경우는 없다. 이 아포리즘이야말로 천국에 대립하는 악의 세계를 대표하려고 까마귀를 내세운 유일한 사례가 아닐까.

천국에 입장할 수 없는 까마귀를 카프카의 자화상이라고 생각할 수도 있겠다. 구스타프 야누흐가 쓴 《카프카와의 대화》에 따르면, 카프카는 "나는 한 마리 까마귀"라고 농담을 던졌다고 한다. 하지만 그는 짙은 검은색이 아니라 재처럼 회색 날개를 퍼덕인 채 돌들 사이로 사라지기를 갈망하는 한 마리 까마귀 신세라고 푸념조로 얘기했다는 것.

33

순교자들은 몸을 폄하하는 것이 아니라, 기꺼이 몸이 십자가에 못 박혀 드높여지게 한다. 그렇게 함으로써 그들은 그들의 적과 일심동체가 된다.

카프카는 8절판 공책에 독신주의와 지살을 동일선상에 놓은 뒤 "결혼과 순교는 유사한 인식 단계에 있을지도 모른다"라고 썼다. 그는 결혼을 순교의 경지로까지 드높이고 결혼을 포기한 자신을 폄하함으로써 순교의 부담에서 벗어난 것은 아닐까.

34

그는 싸움을 끝낸 검투사처럼 녹초가 된다. 그의 업무는 관청 사무실의 벽 한구석을 흰색으로 칠하는 것이었다.

카프카의 문학에서 관청 사무실은 현대 사회에서 감시와 처벌의 역할을 수행하는 관료주의를 대표하는 공간이다. 그의 장

편 소설《소송》에서 법원으로 대표되는 관료 조직은 시민에게
는 미로처럼 복잡한 건물 내부의 사무 공간에서 사회구성원들
의 생활을 옥죄고 쥐어짜는 일에 전력을 기울인다. 그러다 보
니 검투사처럼 녹초가 될 수밖에 없다. 비록 그가 하는 일이
벽 한쪽 구석을 흰색으로 칠하는 단순노동이라 할지라도.

35

소유는 없고, 단지 존재만이, 단지 자신의 마지막 숨결을, 질
식을 갈망하는 존재가 있을 뿐이다.

카프카의 단편 소설 〈단식 광대〉를 떠올리게 한다. 서커스단
에서 목숨을 걸고 단식을 벌임으로써 관객의 시선을 한 몸에
받은 단식술사斷食術士는 한갓 유흥을 제공하는 광대가 아니었
다. 그는 고고한 '단식 예술가' 정신으로 단식을 고집하다가
결국 숨을 거둔다. 그는 마지막 순간에 그토록 단식을 결행한
까닭에 대해 구경꾼들에게 이렇게 말한다. "왜냐하면 내 입맛
에 맞는 음식을 찾지 못했어요. 내가 그런 음식을 찾았다면,
단언컨대, 이런 소동을 벌이지 않았을 테고, 당신이나 모든 사
람들처럼 배를 채웠을 겁니다."

36

지난 시절에 나는 왜 내 질문에 스스로 답을 하지 못하는지 이해하지 못했다. 현재 나는 어떻게 내가 나 자신에게 질문 능력이 있다고 믿을 수 있었는지 이해되지 않는다. 하지만 나는 실제로 믿지는 않았다. 나는 단지 질문하기만 했다.

카프카는 1914년 3월 9일에 쓴 일기에서 펠리체 바우어와의 결혼을 심각하게 재고하면서 그의 삶 전반에 걸쳐 다양한 질문을 던졌다. '그래서 결혼하지 않을 것이다. 그것은 아주 확실하게 정한 건가?', '그렇다면 너는 그런 삶을 원했던 말인가?', '그렇다면 너는 결혼할 수 있을까?', '그럼 너는 무엇을 하려는가?', '너는 건강한가?' 등등.

37

그가 소유는 하고 있을지도 모르지만 존재하지 않는다는 주장에 대한 그의 반응은 단지 전율과 가슴 두근거림뿐이었다.

카프카는 1914년 1월 8일 일기에서 "내가 유대인들과 공유하는 것은 무엇일까?"라고 자문했다. 스스로 얻은 대답은 "나는 나 자신과도 공유하는 것이 좀처럼 없다"라는 것. 이어서 그는 "나는 구석에 쥐 죽은 듯이 서 있어야 한다. 내가 숨 쉴 수 있음에 만족하면서"라고 적었다. 타인은 물론이고 자신과의 공유조차 없는 철저한 무소유와 자기 소외의 상태에서 오로지 심장이 두근거리는 존재로서, 그렇게 살아 있다는 느낌만으로도 만족한다는 얘기일까.

38

한 사람은 영원으로 가는 길을 너무나 쉽게 갈 수 있다는 사실에 경이로워했다. 사실, 그는 내리막길을 질주하고 있었다.

카프카의 문학은 어딘가로 떠나는 인간의 출발에서 시작하는 경우를 자주 보여 준다. 하지만 그런 출발이 반드시 전진을 보장하지는 않는다. 앞으로 나아가지만, 한 발자국도 내딛지 못하는 모순의 상황이 카프카의 우화에서는 되풀이된다. 황제의 칙명을 전달해야 할 칙사는 구중궁궐의 방을 하나씩 열면서 힘겹게 나아가야 하거나, 계단을 하나씩 내려가면서 수천 년을 보내야 한다는 부조리한 상황이 능청스럽게 전개된다. 호르헤 루이스 보르헤스는 그런 측면에서 카프카 문학의 본질은 '슬픈 지연遲延'이라고 요약했다.

39

A. 악을 할부로 갚을 수는 없다. 그런데 우리는 꾸준히 그러려고 애쓴다.

알렉산더 대왕이 젊은 날의 전장에서 거둔 승리에도 불구하고, 그가 육성한 최강의 군대에도 불구하고, 세상을 변혁하려는 천부적 에너지에도 불구하고, 그가 두려움 때문이거나 우유부단함 때문이거나 의지박약 때문이 아니라, 중력의 힘에 의해 헬레스폰토스해협에서 행군을 멈추고 어쩌면 그 강을 건너지 못했을지도 모르겠다고 상상해도 무리는 아니다.

B. 길은 끝이 없다. 거기에 더할 것도 뺄 것도 없다. 그런데도 누구나 자신만의 유치한 잣대를 거기에 들이댄다. "아무렴, 너는 이만큼 더 가야 한다. 그 점을 잊지 말지어다."

카프카의 아포리즘에서 악은 인간의 원죄와 분리될 수 없다. 악은 낙원 회귀를 꿈꾸는 인간이 청산하고 싶은 도박판의 빚과 같다. 카프카의 상상계에서 악마는 신처럼 세상에 편재할 정도로 전능하다. 그런 악마와 내기를 해서 인간이 이길 수 없다. 부채를 갚으려다 오히려 죄를 더 짓기 쉽다. 인간은 할부로라도 대가를 치르려고 하지만, 헛된 노력에 그칠 수밖에 없으므로 영원히 상환 불능 상태에 빠지기 마련이다.

게다가 카프카 소설의 주요 모티브 중 하나는 인간의 헛고 생이다. 카프카의 장편 소설 《소송》에 삽입된 우화 〈법 앞에서〉는 법의 문으로 들어가려고 평생 애를 쓰지만 끝내 꿈을 이루지 못하는 시골 사람의 덧없는 삶을 보여 준다. 법과 마찬가지로 악은 중력의 법칙처럼 인간을 지배한다.

카프카의 상상 세계에서 알렉산더 대왕은 천하무적의 영웅이자 전진과 정복의 화신으로 종종 등장한다. 하지만 인간이 현세에서 아무리 멀리 가려고 해도 '슬픈 지연遲延'에서 벗어날 수 없다는 카프카의 우화에 따르면, 알렉산더 대왕도 앞으로 나아갈 수 없고, 중력의 법칙에 얽매일 수밖에 없는 인간에 불과하다. 그래서 카프카의 아포리즘은 인간이 무한한 길 위에서 유치하고 유한한 잣대를 들이대 진보를 측정한다고 조롱한다.

40

최후의 심판이라는 말은 우리의 시간 개념에 따른 것이다. 원래 그것은 즉결 처분이다.

최후의 심판은 영원성을 표상하는 인간의 머릿속에서 파생된 시간의 종말을 가리킨다. 그것은 정신세계에 세워진 법정이다. 하지만 감각세계를 살아가는 인간은 그런 관념적 종말에 이르기 전에 저마다 하나둘씩 죽음의 문턱을 넘어선다. 시간의 긴

흐름을 놓고 볼 때 매 순간마다 즉결 처분이 이뤄지는 것이다.

카프카의 장편 소설《소송》주인공 요제프 K는 죄목도 모른 채 법원에 체포되어 부조리한 소송에 시달리다가 판결도 없이 처형당하고 만다. 마지막 순간에 K는 "개같이"라고 짧게 내뱉는다. 그는 즉결 처분을 당한 자신의 삶이 죽음 이후에 추문으로 남을지도 모른다는 불쾌감에 더 짜증이 났던 것. 슬프게도 그는 개 같은 치욕이 자신의 죽음 뒤에도 이어질지도 모른다는 시간 개념에서 벗어나지 못하므로 더 절망한 듯하다.

41

세상의 불균형이 단지 숫자에 불과한 듯해서 다행이다.

카프카는 통행세 징수원이 고개를 처박은 채 계산에 몰두하는 모습을 관찰하면서 사람을 압도하는 '숫자의 거대한 행렬'을 떠올리곤 공책에 메모를 남겼다. "계산에서 어떤 결과가 나왔을까? 불투명하기 그지없는 계산." 징수원을 향해 밀려오는 숫자의 거대한 행렬은 층층이 쌓인 행정 조직의 엄숙한 위계 질서를 연상케 한다. 카프카는 정신이 아득했던 모양이다. 그런데 그 계산이 엉성하다면 그 엄중한 권위는 균형을 잃고 졸지에 허물어진다. 거기에 종속된 보통 사람들의 생활세계에 해를 입히지 않고, 그나마 숫자에 그치는 문제라면 다행이지만, 현실은 알다시피 그렇지 않다.

42

구역질과 혐오로 가득 찬 머리를 가슴에 털썩 파묻다.

카프카는 종종 자학적 언사도 공책에 쏟아 놓았다. "나는 어떤 탈출구도 알지 못한다", "당신은 믿는가? 나는 모르겠다", "내가 손을 대는 것은 무엇이든 무너진다", "나는 내 의지와는 달리 너무 많은 시간을 잠으로 보내야 한다. 굶주림을 쫓기 위해서."

43

사냥개들은 아직 뜰에서 놀고 있으나, 사냥감은 그들에게서 도망치지 못할 것이다. 그 사냥감이 지금 이 순간 이미 숲을 가로질러 질주하고 있다고 해도.

사냥개들은 사냥에 나서지 않더라도 사냥개가 아닐 수 없다. 사냥개라는 단어가 만약 다른 그 무엇이라 할지라도 사냥개는 사냥개일 수밖에 없다.

　카프카가 남긴 짧은 우화 초고는 외로운 사냥꾼과 잠자는 사냥개를 그렸다. "정말 사냥개 같은 모양으로 자고 있다"라는 것. 사냥개는 잠을 자고 있더라도, 사냥개라는 역할에서 벗어날 수 없다. 동시에 사냥감은 아무리 멀리 있어도 사냥감으로 살아갈 수밖에 없다. 잠자는 사냥개들이 꿈속에서라도 사냥감을 쫓아다닐 테니까. 카프카의 '아포리즘 · 16'에서 새는 새장이 있는 한 사냥에 나선 새장에 붙잡혀야 하듯이. 그것이 '카프카 월드'의 생태계다.

44

우스꽝스럽게도 너는 이 세계를 위해 제 몸에 스스로 마구馬具를 맸다.

카프카는 이 아포리즘을 쓰기 전에 1913년 7월 21일 일기에서 이 세계에 종속된 자신의 존재를 내면의 도르래에 얽매인 상태에 비유했다. "내면 존재의 이러한 복합 도르래 장치. 처음에는 좀처럼 알아보기 힘든 작은 레버가 어딘가에서 은밀히 풀리자 곧바로 모든 장치가 움직인다. 시계가 시간에 종속되듯이 불가해한 힘에 종속된 채 도르래는 여기저기에서 삐걱거리고, 모든 사슬이 미리 지정된 대로 차례차례 철커덕거리며 내려간다."

이 아포리즘에 등장한 도르래 장치는 카프카의 단편 소설 〈유형지에서〉에 등장하는 처형기계를 떠올리게 한다. 이 소설은 어느 식민지에 주둔한 서양 군대가 처형 수단으로 사용한 기계 장치를 세밀하게 묘사한다. 군법을 어긴 죄수가 옷을 벗고 처형 기계에 누우면 써레가 그의 몸에 여섯 시간 동안 고통스럽게 판결문을 새긴다. 죄수에게 지은 죄를 일깨워 주면서 유혈이 낭자한 가운데 사형이 집행된다. 그런 처형식이 너무 잔인하기 때문에 새 사령관의 명령에 의해 폐지된다고 하자 한 장교가 그 기계를 너무 숭배한 나머지 사령관의 방침에 반발한다. 장교는 마지막 희생자가 될 뻔한 죄수를 풀어 주고는 스스로 옷을 벗고 진지한 표정으로 기계에 몸을 누인다. 그때 주변의 병사들이 방금 풀려난 죄수와 경망스럽게 장난을 치는 바람에 장교의 엄숙한 행동이 졸지에 우스꽝스럽게 된다.

45

네가 말을 수레에 더 팽팽하게 매달수록 더 빨리 간다 — 이를테면 밑동에서 몸통을 무모하게 떼어 낼 게 아니라 가죽 끈을 갈가리 찢으면 그와 동시에 말이 짐에서 벗어나 경쾌하게 나아가는 것.

카프카는 나중에 나올 '아포리즘 · 54'에서 감각세계와 정신세계를 구분했다. "오로지 정신세계만 있다. 우리가 감각세계라고 부르는 것은 정신세계에서 악"이라고 했다. 수레에 묶인 말은 카프카의 아포리즘에서 악으로 충만한 감각세계에 얽매인 인간을 비유하는 듯하다.

　하지만 말을 조인 가죽 끈이 끊어지듯이, 인간은 악의 굴레에서 벗어나면 자유롭게 나아갈 수 있다. 감각을 통해 형성된 인간 감정이 종종 고귀한 정신의 표현을 지향하기도 하기 때문이다. 가령 슬픔을 통한 영혼의 정화 같은 것.

46

독일어에서 '존재Sein'는 두 가지 뜻을 지니고 있다: 현존재 Da-sein와 거기에 속해 있는 것Ihm-gehören이다.

이 아포리즘은 뒤이어 나올 '아포리즘 · 50' "인간은 제 안에 깃든, 파괴할 수 없는 무엇인가를 끊임없이 믿지 않고서는 살 수가 없다"와 연결된다. '존재'와 '현존재'라는 용어가 등장하기 때문에 문학과 철학을 넘나드는 연구자들의 숱한 분석과 해석이 쏟아졌고, 여전히 설왕설래가 끊이지 않는다.

막스 브로트는 카프카가 '기도의 형식으로서의 글쓰기'라고 남긴 메모를 환기하면서 카프카 문학을 유대교의 신학적 입장에서 해석했다. 그는 "카프카가 아포리즘에서 '파괴할 수 없는 것'으로 표현했던 순수한 것, 신神적인 것과 가장 친밀한 합일을 갈망했다"라면서 "카프카는 현대 작가들 가운데서 톨스토이와 가장 유사한 작가이다"라고 평했다.

하지만 대다수 카프카 연구자들은 '인간 내면에 깃든, 파괴할 수 없는 그 무엇'을 종교적으로 해석하려 하지 않았다. 종교의 굴레로부터 벗어난 상태에서 인간이 자유의지를 통해 지향하는 불멸의 '존재'를 뜻한다고 풀이해 온 것이다.

그 불멸의 존재는 감각세계에 사는 현존재인 인간을 에워싸면서도 동시에 고양시키는 정신세계의 실체라고 풀이할 수 있다. 현존재는 '거기 있음'의 형식으로 존재하는 인간을 가리킨다. 그는 자신이라는 존재자를 의식하면서 다른 존재자들의 존재도 인식하고 어울려 산다. 현존재는 개인의 실존이기도 하면서 존재자들이 맺는 관계망이기도 한 것이다. 그래서 마르틴 하이데거 철학의 전문가로 손꼽히는 이기상은 "현존재는 존재자의 존재를 이해하고, 그런 의미에서 존재자의 존재로 초월해 있다"라면서 "우리는 현존재가 존재자의 존재로 초월해 있다는 것을 현존재가 세계 안에 있다는 것으로, 즉 세계 내 존재로 규정한다"라고 풀이했다.

물론 카프카의 문학을 하이데거의 철학으로 재단할 수는 없다. 하지만 그 두 갈래 길이 궁극의 존재를 탐구하는 지점에서 서로 맞물린다는 점을 부정할 수도 없다. "철학이 뼈라고 하면, 문학은 살이다"라고 신학을 전공한 소설가 이승우가 말했듯이.

47

그들에게는 '왕이 되느냐 혹은 왕의 전령傳令이 되느냐'라는 두 가지 선택지가 있었다. 어린이들이 그러하듯이, 그들은 모두 전령이 되고자 했다. 그래서 오로지 세상을 질주하는 전령들만 있는데 왕들이 없으므로 이제 무의미해진 전언傳言

들만 서로를 향해 외쳐대고 있다. 전령들은 기꺼이 비참한 생활에 종지부를 찍고 싶었지만, 충성 서약을 했기 때문에 감히 그러지 못한다.

카프카의 단편 소설 〈신임 변호사〉는 위대한 왕이 칼을 휘두르면서 백성들의 갈 길을 지휘했던 시대가 끝났다고 선언한다. "아무도 방향을 가리키지 않는다. 군중이 저마다 칼을 지니고 있지만, 그저 휘두르기만 한다. 그 칼춤을 쫓아가자니 눈이 어지럽다."

　이 아포리즘에서는 왕이 사라진 시대에 왕의 명을 전하는 파발꾼들이 군중을 이루고 있다. 진정한 메시지는 없지만, 넘치는 메신저들 때문에 온갖 메시지가 돌아다니면서 서로 충돌한다. 카프카는 일찍이 소셜 미디어를 통한 '메시지 홍수' 시대의 카오스를 내다본 모양이다.

48

진보를 믿는 것은 진보가 이미 이뤄졌다고 믿는 것을 의미하지 않는다. 그것은 진정한 신념이 아니리라.

카프카의 단편 소설 〈어느 개의 연구〉는 "내 삶은 그토록 변했지만, 실제로는 그토록 변하지 않은 채 그대로다"라면서 시작한다. 이 소설은 강아지 시절부터 캐묻기 좋아하다가 나이가

든 개를 화자로 삼았다.

개의 진실을 근원적으로 연구하면서 캐묻고 다닌 개는 노년에 접어들어도 탐구 작업을 멈추지 않는다며 장광설을 늘어놓는다. 그 개는 견공犬公 공동체가 이룬 전반적 진보가 칭찬받을 만한 것이지만, 고작 지식의 진보에 그치고 말았을 뿐이라고 폄하한다. 지식은 아주 거역할 수 없이 빠른 속도로 진보한다.

하지만 그 진보를 칭찬하는 것은 개가 나이를 먹으면서 죽음에 더 가까이 접근하는 것을 칭찬하는 꼴이라고 질타한다. 캐묻기 좋아하는 개는 진보를 통해 오로지 쇠퇴가 보일 뿐이라고 조롱한다. 앞 세대의 개들은 오늘날의 개들보다 더 어렸기에 지식을 쌓기가 부담스럽지 않았고, 그것을 떠들어대기 쉬웠으므로 진보를 향한 신념을 강화할 수 있었다는 것이다. 하지만 이제 지식의 진보로 인해 오히려 '진실한 말씀'이 현실에 관여할 능력의 쇠퇴를 겪고 있다.

캐묻기 좋아하는 개는 진보를 향한 신념의 공허함을 절실히 느낀다. 따라서 그 개는 "우리는 남들이 어두컴컴하게 만든 세계에서 아무 죄 없이 침묵한 채 죽음을 향해 발길을 재촉하고 있다"라고 투덜거린다.

49

그는 명인名人이고, 하늘이 그의 증인이다.

이 아포리즘에서 명인ein Virtuose은 예술 분야에서 거장이나 대
가로 불리는 예술가를 뜻한다. 흔히 위대한 성악가를 가리켜
'신이 내린 목소리'라고 하듯이, 이 아포리즘에서 하늘은 천재
예술가가 지닌 재능의 원천을 가리킨다.

카프카는 단편 〈요제피네, 여가수 혹은 쥐의 종족〉을 통해
비범하기 이를 데 없는 예술가의 운명을 쥐를 의인화한 우화
형식으로 다룬다. 이 소설에서 요제피네는 서생원鼠生員 공동
체에서 명창으로 꼽히는 여가수이다. 음악이 뭔지도 모르는
쥐들 사이에서 요제피네는 음악의 위대한 힘을 발휘하면서 숭
배의 대상으로 드높여진다. 하지만 쥐들은 요제피네의 노래를
이해하지 못할뿐더러 끼리끼리 모여선 요제피네의 노래가 여
느 쥐들이 내는 '찍찍거림'에 지나지 않는다고 거침없이 폄하
한다. 그럼에도 요제피네의 공연 무대 앞에선 쥐 죽은 듯이 고
요하게 경청한다. 소리 내지 않으면서 이동하는 쥐의 습성이
그처럼 장엄한 고요를 좋아하기 때문이라는 것.

한편 요제피네는 대중을 경멸하면서 자신이 청각장애자들
앞에서 노래를 부른다고 생각한다. 다만 스스로를 예술가로
여기므로 자기만의 방식으로 노래할 뿐이다. 카프카는 이 소
설을 통해 현대사회에서 예술가와 대중 사이에 형성된 존재의

평행선을 풍자적으로 그린다. 그의 단편 소설 〈단식 광대〉와
나란히 놓이는 작품이다.

50

인간은 제 안에 깃든, 파괴할 수 없는 그 무엇인가를 끊임없
이 믿지 않고서는 살 수가 없다. 그렇지만 파괴할 수 없는 것
뿐만 아니라 그것에 대한 믿음도 영원히 인간으로부터 숨어
있을지도 모른다. 이렇게 숨은 것을 표현할 수 있는 여러 가
망可望 중 하나가 어떤 인격신人格神에 대한 믿음이다.

카프카는 '아포리즘 · 46'을 통해 현존재인 인간의 내면에 깃
든, 파괴할 수 없는 것, 즉 불멸의 존재를 가리켰다. 그러나 그
는 존재를 인간이 파악할 수도 없고, 표현할 수도 없다는 회의
론을 떨치지 못했다. 따라서 존재를 인격신으로 우러러 믿는
종교는 도저히 말할 수 없는 것을 표현하려는 인간의 다양한
소망이나 가능성 중 하나에 그친다는 것이다.

　독문학자 안진태는 《카프카 문학론》에서 "이 한 편의 잠언
에 인간, 신, 삶, 죽음, 신앙 등의 낱말이 기록되어 인간의 총체
성을 말해 준다"라면서 "카프카는 문학을 통해 이 은폐된 파괴
할 수 없는 것을 표현해 낸다"라고 풀이했다. 그런데 카프카는
파괴할 수 없는 존재의 진실이란 허위를 통해 인식된다는 점에
서 역설의 순환을 문학적 표현의 기본으로 삼았다는 것이다.

51

뱀의 중재가 필요했다: 악은 인간을 유혹할 수 있지만, 인간
이 될 수는 없다.

구약성서 〈창세기〉의 '인류의 타락' 신화에 등장한 뱀은 카프
카의 아포리즘에서도 중요한 배역을 맡고 있다. 악은 뱀으로
둔갑해 인간 앞에 나타난다. 인간과 뱀은 근원적으로 가까운
사이인 것. 그래서인지 카프카는 "아담이 낙원에서 추방된 뒤
가정 먼저 기른 가축은 뱀이었다"라는 우스개를 공책에 적어
두기도 했다. 뱀으로 둔갑한 악이 인간을 유혹하더라도, 인간
이 가축 같은 악을 섬길 수는 없다는 소리 같다. 아무리 사랑
스러운 애완동물이라고 하더라도 인간이 될 수는 없는 노릇
이 아닌가.

52

너와 세계의 투쟁에서는 세계의 편을 들어라.

카프카는 1917년 12월 이 아포리즘을 쓸 무렵 따로 남긴 기록
을 통해 세 가지 삶의 태도를 다짐했다. "자신을 낯선 것으로
바라볼 것. 바라보는 일을 잊어버릴 것. 얻은 것을 유지할 것"
을 삶의 3대 지침으로 삼았다. 스스로를 향해 이질감을 지님

으로써 자기를 객관화하고 의식의 투명성을 획득하고 나서, 다음 단계로 그러한 주관적 의식의 시선마저 잊어버림으로써 '바라보는 것을 잊는' 망아忘我의 경지에 이르라는 것. 이어서 '얻은 것을 유지할 것'이란 주문은 자아와 세계의 대립에서 자아로부터 서서히 벗어나 궁극적으로 '세계의 편을 들라'는 의미로 해석된다. 세계의 품에 안긴 자아의 우주적 충만감을 지향한 것은 아닐까.

카프카는 평생 자기 탐구와 문학을 향한 열정으로 인해 직업과 결혼으로 대표되는 세속적 의무를 충실히 수행하지 못한 스스로를 책망했다. 그는 내면생활을 전쟁터로 만들었다. 그의 일기 곳곳이 그 투쟁의 포연砲煙으로 가득했다. 결국 너무 심약한 나머지 그는 세계를 향해 백기를 들면서 '아포리즘 · 52'를 쓴 것으로 추정된다. 하지만 그는 나중에 이 글을 다른 공책에 옮기면서 너무 지나치다고 생각했는지 쫙쫙 줄을 그어 지워 버렸다.

53

아무도 속여서는 안 된다. 심지어 세계를 속여서 승리를 빼앗아서도 안 된다.

'아포리즘 · 52'와 짝을 이루는 이 아포리즘은 동시에 '아포리즘 · 55'와도 연결된다. 카프카는 이 아포리즘을 쓸 무렵 막스 브로트에게 보낸 편지에서 "가족 · 직장 · 모임 · 연인과의 관계에서, 현존 또는 장차 예상되는 민족공동체에서, 나는 스스로를 입증하지 못했네"라고 털어놓았다. 하지만 그는 그런 고백을 통해 "새로운 길이 보이네"라고 주장했다.

세속적 사회생활을 수행할 의지가 부족했던 카프카는 현존은 물론이고 '장차 예상되는 민족 공동체', 즉 당시 유럽의 유대인 공동체에서 일어난 팔레스타인 지역으로의 집단이주 운동에도 선뜻 동참하지 못했다. 시온주의자였던 브로트는 그 운동에 적극적으로 참여했고, 카프카에게 함께 가자고 권유했다. 하지만 카프카는 가족과 민족 앞에서 자신을 입증하지 못하는 무능과 나태를 정직하게 고백했다.

그의 문학은 그런 고백의 기록이자 옹호였다. 그는 세속 세계가 요구하는 가치에 고분고분하게 순응하지 않았다. 그의 표현을 빌리면 '속임수'를 쓰지 않았기에 세계와의 투쟁에서 승자의 위치에 오르지는 못했지만, 궁극적으로 그의 삶과 문학은 '졌지만 잘 싸웠다'는 숭고미崇高美를 획득했다.

54

오로지 정신세계만 있다. 우리가 감각세계라고 부르는 것은 정신세계에서 악이고, 우리가 악이라고 부르는 것은 우리의 영원한 발전 과정에서 한순간의 필연이다.

매우 강력한 빛으로 우리는 세계를 녹여 버릴 수 있다. 세계는 시력이 나쁜 사람 앞에서 단단해지고, 그보다 더 시력이 나쁜 사람 앞에서는 주먹을 움켜쥐고, 더욱더 시력이 나쁜 사람 앞에서는 수줍어지더니 감히 자신을 바라보려는 시선을 박살낸다.

카프카의 아포리즘 모음 가운데 핵심을 차지하는 대목이다. 애매모호한 수수께끼를 내놓지 않은 채 직설적으로 정신/감각, 선/악 대립을 일목요연하게 제시한다. 인간이 감각세계 차원의 현존재를 스스로 넘어서 정신세계의 존재를 깨닫는 과정이 비틀거리면서라도 필연적인 악을 극복하고 선을 찾아가는 길이라는 얘기로 들린다.

　‘빛’을 강조한 두 번째 아포리즘에서 강력한 빛이란 인간의 시선을 도와 세계를 꿰뚫어 볼 수 있게 하는 ‘통찰력’을 가리킨다고 볼 수 있다. 사람이 지닌 통찰력의 수준에 따라 세계의 폭력성은 강도를 달리한다. 그렇다면 강력한 빛으로 세계를 녹일 수 있는 사람은 남들이 보지 못하는 것을 볼 줄 아는 견자見者, 즉 예언자로 존중받을 것이다.

55

모든 것은 사기詐欺이다: 최소한의 기만을 꾀하든, 보통 수준의 기만에 머물든, 최대한의 기만을 꾀하든 모두 사기이다.

첫 번째 경우에 사람은 선을 너무 쉽게 얻음으로써 선을 속이고, 악에게는 너무 불리한 전투 조건을 부과함으로써 악을 속인다. 두 번째 경우에 사람은 세속적인 의미에서 선을 한 번도 추구하지 않음으로써 선을 속인다. 세 번째 경우에 사람은 가능한 한 선으로부터 멀리 떨어짐으로써 선을 속이고, 극한까지 악을 강화해 악을 무력화하고자 함으로써 악을 속인다.

따라서 바람직한 것은 두 번째 경우이다. 사람은 늘 선을 속이는데, 이런 경우에 적어도 겉보기에는 악을 속이지는 않기 때문이다.

진정한 선을 획득하려면 악을 속이지 말라고, 즉 악을 닮지 말라고 주문하는 아포리즘이다. 카프카가 보기에 악의 특징은 속임수를 쓴다는 것이다. 인간이 자주 선을 속이는 것은 본성에 내재한 악의 속임수가 발동하기 때문이다. 달리 말해, 인간이 선을 속이는 짓은 악을 모방해 악행을 저지르는 타락인 셈이다.

흔히 악에 맞서 극단적으로 투쟁하는 선을 가리켜 "악마와 싸우다 보면 악마를 닮는다"라는 역설을 적용하곤 한다. 선이 자칫 독선에 빠진 나머지 목적을 위해 수단 방법을 가리지 않음으로써 악 못지않게 타락하는 경우가 종종 발생하기 때문이다.

56

결코 무사히 넘어갈 수 없는 질문들이 있다. 우리가 그것들로부터 본래적으로 자유롭지 않는 한.

삶은 어려운 질문으로 구성된 고비의 연속일 수도 있다. 카프카는 아포리즘과는 별도로 남긴 노트를 통해 "나는 매우 가까이 느낄 수 있는 우리 시대의 부정적인 것도 기꺼이 받아들였다"라면서 "나는 시대와 싸워서 이길 권리는 결코 없으나, 어느 정도 그것을 대표할 권리는 있는 것이다"라고 밝혔다. 자신에게 제기된 시대의 질문을 외면하지 않았던 것. 그는 또 "누구나 자신의 삶을 정당화할 수 있어야 한다(자신의 죽음도 마찬가지이다)"라면서 "이 과제는 누구도 회피할 수 없다. 응시를 통해서 정신의 고양을 꾀해 보도록 하자"라 썼다.

57

감각세계 바깥의 모든 것에 대하여 언어는 오로지 암시적으로 사용될 수 있을 뿐, 결코 직유 비슷한 것조차 될 수가 없다. 왜냐하면 언어는 감각세계에 상응해서 단지 소유와 그 소유의 관계만을 다루기 때문이다.

문학은 언어의 가능성을 최대화하면서도 언제나 언어의 한계를 절감한다. 카프카는 언어의 한계와 관련해 이런 기록도 남겼다. "말이란 어설픈 등산가이며 어설프게 의미를 캐는 광부이다. 그것은 산꼭대기에서 보물을 찾지 못하고, 산 깊은 곳에서 보물을 꺼내 오지 못한다."

58

사람은 가능한 한 적게 거짓말을 할 때만, 가능한 한 적게 거짓말을 하는 것이지, 거짓말을 할 기회를 적게 얻는다고 해서 거짓말을 적게 하는 것은 아니다.

카프카의 장편 소설《소송》의 주인공 요제프 K는 영문도 모른 채 체포되고 불가해한 수난의 미로를 헤매게 된다. 그는 법원을 찾아가서 억울함을 풀고자 하지만, 부조리한 법원이 지배하는 현실의 늪에 점점 더 깊이 빠진다.

 카프카는 K의 처지를 〈법 앞에서〉라는 비유담으로 묘사한다. 어느 시골 사람이 '법의 문'을 통과하려 하지만, 문지기가 입장을 허락하지 않는다. 묘하게 그 문 앞에서 애걸복걸하는 사람은 시골 사람 혼자뿐이다. 문지기는 시골 사람에게 문을 열어 주면 그 안에 문이 있고, 그 문을 지나면 다른 문이 연거푸 나온다고 일러 주면서 아예 입장할 엄두를 내지 못하게 한다. 시골 사람은 평생 법의 문 안쪽으로 들어가려고 애를 쓰지만 성공하지 못한 채 죽음을 맞게 된다. 문지기는 마지막 숨이 남아 있는 시골 사람에게 "이 문은 오로지 당신만 지나가도록 되어 있어"라고 말한 뒤 문을 닫아 버린다.

K는 법원 소속의 신부를 대성당에서 만나 '법원 세계'의 부조리한 구조에 대해 성토한다. 하지만 신부는 K의 주장에 동조하지 않는다. 신부는 "인간은 모든 것을 진실하다고 여길 필요는 없다"라면서 "인간은 그것을 필연적인 것이라고 여겨야 한다"라고 타이른다. 그러자 K는 "비통한 의견이군요. 거짓이 세상의 질서가 되다니"라고 탄식한다.

카프카의 아포리즘은 진실이 사라지고 거짓이 지배하는 현실에서 거짓말로부터 완전히 자유로운 개인은 없다고 지적한다. 카프카의 혜안은 21세기의 이른바 '탈진실의 시대'를 내다본 듯하다. 오늘날 대중은 이성의 힘으로 사실을 인식하기는커녕 개인적 신념이나 감정에 따라 허위정보 따위를 주저 없이 사실로 받아들인다. 심지어 거짓을 적극적으로 퍼뜨리는 짓에 동참하기도 한다.

59

사람들의 발걸음에 움푹 파이지 않은 계단은, 그 자신의 관점에서 볼 때, 그저 목재를 짜맞추어 투박한 뭔가에 지나지 않는다.

사람들의 발길이 오가지 않는 계단은, 다시 말해서 사람들이 범접할 수 없는 계단은 제 효용성을 상실한 나머지 그저 투박하게 목재를 짜맞춘 물건에 그친다. 카프카의 방식으로 계단을 의인화하면, 그 인적이 끊긴 계단이야말로 지루한 권태의 고통에 시달리는 형벌에 처해졌다고나 할까.

카프카는 늘 권태에 시달리면서도 허무에 빠지지 않은 채 권태와 싸우려 했고, 그 싸움의 끝이 보이지 않는다는 사실을 절감했다. 그는 공책에 "인생이란 전향轉向의 연속이다. 그러나 그것이 무엇으로부터의 전향인지에 대해서는 결코 스스로 깨우칠 수 없다"라는 메모를 남기기도 했다.

60

세상을 저버리는 사람이라면 누구나 모든 인류를 사랑해야 한다. 왜냐하면 그는 그들의 세상도 저버리기 때문이다. 그로 인해 그는 인간의 진정한 본성을 감지하기 시작한다. 인간이란 그와 동등하다고 상정하는 한 사랑받을 수밖에 없는 존재다.

염세주의에 빠진다고 해서 반드시 인간 혐오주의에 빠지는 것은 아니다. 현실 세계에 절망한 사람은 현실 도피를 선택하지 않는 한 그 현실 속에 사는 사람들로부터 희망을 찾으려고 애써야 한다. 알베르 카뮈는 "나는 인간 조건에 대해서는 비관적이지만, 인간에 대해서는 낙관한다"라고 말하지 않았던가.

61

이 세상에서 제 이웃을 사랑하는 모든 사람은 제 자신만 사랑하는 사람과 조금도 다를 바 없이 불의不義를 저지른다. 유일하게 남은 문제는 전자가 가능한지 여부다.

이타심은 선의 실천이고, 이기심은 악의 근원으로 여겨진다. 하지만 이기심에서 완전히 자유로운 사람이 얼마나 될까. "아담이 낙원에서 추방된 뒤 가장 먼저 기른 가축은 뱀이다"라는 카프카의 유머에 따르면, 악을 상징하는 뱀을 가축으로 삼았다는 비유는 인간의 삶에서 악이 그림자처럼 떨어지지 않는다는 사실을 가리킨다. 또한 이타심을 발휘한 행동이더라도 최소한의 이기심이 개입됐다면 그 순수성을 의심받을 수밖에 없다. 아무튼 카프카는 이 아포리즘이 마음에 들지 않았는지 나중에 다른 종이에 옮겨 적으면서 줄을 그어 지워 버렸다.

62

하나의 정신세계 말고는 다른 것이 없다는 사실은 우리에게서 희망을 앗아가면서도 동시에 우리에게 확실성을 안겨 준다.

카프카는 이미 앞서 쓴 아포리즘을 통해 꾸준히 정신세계와 감각세계, 존재와 현존재의 대립을 제기했다. 하지만 인간 정신과 신성神性의 명확한 구분이 없는 존재의 세계를 향한 믿음이라는 인간 내면에 깃든 불멸의 의지만이 카프카의 유일하고 확실한 버팀목이었다. 소설《성》에서 측량기사 K가 들어가고자 하지만 끝내 뜻을 이루지 못하는 성은 감각세계의 인간에게는 굳게 닫힌 정신세계를 가리킨다. 성은 K에게서 희망을 앗아가면서 동시에 존재의 왕국에 진입하지 못하게 하는 인간 조건에서 유래한 불가해한 진실을 확실히 제시한다.

63

우리의 예술은 진실에 눈이 부셔서 매혹에 빠진 존재이다: 뒤로 물러나면서 기괴하게 찡그리는 그 예술의 얼굴 위를 비추는 빛은 진실하고, 그 밖에는 진실한 것이 없다.

예술은 다 알다시피 사물에 대한 새로운 시각을 제시함으로써 아직 우리의 의식이 파악하지 못한 세계의 이면에 놓인 진실을 형상화한다. 예술 작품에 나타난 기괴하게 찡그린 형상은 예술가가 섬광처럼 포착한 빛에 스스로 놀라 짓는 표정이랄 수 있다.
　구스타프 야누흐의《카프카와의 대화》에 따르면, 카프카는 파블로 피카소의 정물화 전시회를 관람했다고 한다. 카프카는 피카소의 기괴한 화풍에 대해 "그는 아직 우리의 의식을 관통하지 않은 형체 왜곡들을 표명할 뿐이에요"라면서 "예술은 거울인데, 그것은 때때로 시계처럼 빨리 가죠"라고 평했다.

낙원에서 추방됨은 원칙적으로 영원하다. 즉, 일단 낙원에서 추방되면 다 끝난 일이고, 세속에서 사는 게 불가피하지만, 그럼에도 우리는 영원히 낙원에 머물 수 있을뿐더러 실제로 그곳에 영원히 존재할 수도 있다. 우리가 그것을 알건 모르건 상관없이.

낙원에서 추방된 인간은 낙원에서 나그네처럼 머물 수 있을뿐더러 원주민처럼 거주할 수도 있다. 그런 사실을 의식하든 의식하지 못하든. 인간은 세속에서 살더라도 낙원에서 추방된 과거와 원죄를 철저히 거부함으로써 신의 처벌을 무력화함으로써 낙원 상실을 상쇄할 수 있어야 한다는 것이다. 감각세계의 존재자가 정신세계의 존재를 인식함으로써 내면에 깃든 파괴할 수 없는 것을 찾아가는 지난한, '희망 없는 희망'의 과정을 가리켜 카프카는 종종 '투쟁'이라고 불렀다. 카프카는 1916년 7월에 쓴 일기를 통해 이렇게 썼다. "나는 살아 있으므로, 삶의 자기애自己愛를 지니고 있고, 삶이 우스꽝스러울지라도 그것의 의사 표명은 결코 우스꽝스럽지 않다. 불쌍한 변증법! 만약 내가 선고받는다면, 나는 죽도록 선고받을 뿐만 아니라 죽을 때까지 투쟁하도록 선고받는 것이다."

66

그는 자유롭고 안전한 지상의 시민이다. 그는 사슬에 매여 있지만, 그 사슬은 지상의 어디든지 자유롭게 접근할 수 있을 만큼 충분히 길면서도 아무것도 그를 지상 너머에서 끌어당길 수 없을 정도의 거리를 유지하고 있다. 동시에 그는 자유롭고 안전한 천상의 시민이기도 하다. 지상에서와 마찬가지의 길이로 천상의 사슬에 매여 있기 때문이다. 이제 그가 지상으로 내려가려고 하면 천상의 목줄이 그를 죌 것이고, 그가 천상에 가려고 하면 지상의 목줄이 그를 죌 것이다. 그럼에도 모든 가능성이 그에게 열려 있고, 그는 그것을 느끼고 있다. 그렇다. 그래서 심지어 그는 그가 최초로 사슬에 속박당할 때 일어난 실수에 모든 사태의 원인을 돌리는 것조차 거부한다.

천상과 지상에 양다리를 걸친 채 어느 쪽에도 속하지 않으면서 선과 악 사이를 갈마드는 인간의 실존적 모험은 카프카의 아포리즘을 지배하고 있다. 문제는 인간이 천상과 지상 어느 곳에서나 사슬에 얽매인 상태라는 것이다. 카프카는 1920년 1월 17일 일기에서 "그의 적은 둘이다. 첫 번째 적은 근원적으로 뒤쪽에서 그를 몰고 있으며, 두 번째 적은 앞으로 나갈 길을 방해하고 있다"라면서 진퇴양난의 인간 조건을 형상화한 적이 있다. 첫 번째 적이 인간 타락의 원죄 신화라면, 두 번째 적은 정체를 알 수 없는 '법정'으로 상징되는 부조리한 감시와 처벌의 세속 세계이다.

그럼에도 카프카는 '모든 가능성이 그에게 열려 있다'라고 외친다. 앞선 아포리즘들에 따르면 그는 '인간 내면에 깃든, 파괴할 수 없는 그 무엇인가'를 끝없이 믿는다. 속박의 책임을 인간 타락의 원죄 신화와 법정의 세계 어느 쪽에도 전가하지 않는다. 빌헬름 엠리히에 따르면 "카프카에게 신앙은 다름 아닌 인간 그 자체에 존재하고 있는 존재에 대한 믿음"이기 때문이다.

67

그는 스케이팅을 처음 배우는 사람처럼, 더군다나 금지된 곳에서 연습하는 초심자처럼 사실들을 뒤쫓는다.

카프카는 1917년 8월 2일 일기에서 가깝고도 분명한 '사실'의 인식을 강조했다. 문제는 그처럼 자명한 사실을 우리가 외면하거나 망각하거나 뻔히 보면서도 알아차리지 못한다는 것이다. 카프카는 "통상적으로 당신이 찾고 있는 누군가는 이웃에 살고 있다. 설명하기 힘들지만, 당신은 그저 그것을 사실로 받아들여야한다"라면서 "그것은 깊이 뿌리 박혀 있으므로 당신이 아무리 애를 쓴다고 해봤자, 당신이 할 일은 없다. 그렇기 때문에 당신이 찾고 있는 이웃에 대해 당신은 아무것도 모른다"라고 지적했다.

68

집안의 수호신을 믿는 것보다 더 즐거운 일이 어디 또 있겠는가.

카프카는 광장보다는 밀실을 선호한 인간형이었다. 그는 자기만의 방을 집안의 수호신처럼 여겼다. '아포리즘 · 109'에서 그는 "네가 집밖으로 나갈 필요가 없다"라면서 "세계가 자청해서 가면을 벗을 것이다. 세계는 달리 어쩔 도리가 없다. 그것은 네 앞에서 황홀감에 취해 온몸을 비틀 것"이라고 호언장담했다.

69

이론적으로는 완벽한 행복의 가능성이 있다: 자기 내부에 깃든 불멸의 요소를 믿되 그것을 추구하지 않는 것.

빌헬름 엠리히는 카프카와 종교(유대교와 기독교)의 관계에 대해 "달리 말하면 카프카는 인격신을 거부함으로써 가장 근원적인 종교 체험을 되찾는다"라고 풀이했다. 카프카는 종교에 얽매이지 않은 채 '종교적 요구의 절대성을 재건'하는데, 그 토대는 '자기 내부에 깃든 불멸의 요소'인 인문주의를 통한 인간의 자기해방이라고 할 수 있다는 것.

불멸하는 것은 하나다. 그것은 저마다 단일한 인간이고, 동시에 그것은 누구에게나 공통이다. 그러하므로 인간들은 그 무엇에도 비길 수 없을 만큼 서로 끈끈하게 연결된다.

발터 벤야민이 카프카에 대해 쓴 글을 모은 《카프카와 현대》(최성만 옮김)에 따르면, 카프카는 친구 브로트를 만나 희망의 존재 여부를 놓고 나눈 대화에서 "물론이지. 희망은 충분히 있고 무한히 많이 있다네. ― 다만 우리를 위한 희망이 아닐 뿐이지"라고 말했다고 한다. 그런데 독문학자 최성만은 카프카의 희망을 해석한 벤야민의 관점을 풀이하면서 "희망은 희망을 품은 우리를 위한 것이 아니라 희망 없는 자들을 위해 우리가 품는 무엇이다"라고 설명했다.

카프카는 자본주의 확산을 동반한 모더니티의 도래와 함께 신의 죽음을 비롯한 전통 가치의 몰락, 과학기술의 발전으로 인한 인간의 도구화, 세기말의 불안에 이어 제 1차 세계대전이 터진 역사적 사건의 연속을 몸소 체험했다. 그로 인해 희망 없는 상황에 놓인 인류에 대한 연대의식을 통해 '인간들은 그 무엇에도 비길 수 없을 만큼 서로 끈끈하게 연결되는' 희망을 찾아가는 꿈을 꾼 것은 아닐까.

72

단일하고 동일한 인간 속에, 저마다 전적으로 다르면서도, 단일하고 동일한 객체를 향한 인식이 들어 있다. 따라서 다른 한편으로는 단일하고 동일한 인간 속에 서로 다른 주체들이 있다고 추론하지 않을 수 없다.

19세기 서양의 리얼리즘 소설가들은 한 인간의 내적인 삶을 일관된 전체로 서술하는 것이 가능하다고 믿었다. 하지만 카프카를 비롯한 20세기 모더니스트들은 개인의 내면이 단일하게 통일되어 있지 않다고 파악했다.

'단일하고 동일한 인간 속에 서로 다른 주체들이 있다'라는 카프카의 발언과 관련하여 독문학자 김태환의《미로의 구조: 카프카 소설에서의 자아와 타자》를 탐독할 필요가 있다. 김태환은 카프카 소설의 특징에 대해 "서술하는 자아가 독자에게 주인공 자아의 내적 경험을 전달해 줄 것이라는 전통적 관념을 파괴한다"라면서 "카프카의 1인칭 형식 소설들이 보여 주는 구조적 특징들은 19세기 말에서 20세기 전반기에 유럽의 작가들이 대결해야 했던 자아 동일성의 위기라는 문제와 밀접하게 연관되어 있다"라고 진단했다. 특히 단편 소설 〈선고〉의 경우, 자아 동일성의 위기가 주인공의 분열을 일으키고, 결국 시점의 통일성과 이야기의 통합성을 붕괴시킨다는 것.

김태환에 따르면, 아리스토텔레스의 《시학》 이후 정립된 서사 문학의 플롯은 '친숙한 것 → 낯선 것 → 친숙한 것'으로 진행되면서 '자아 → 타자 → 자아'라는 공식을 지켜 왔다. 하지만 카프카의 소설에서 낯선 것은 끝내 친숙한 것으로 되돌아오지 않은 채 영원한 미궁에 빠지기 십상이다. 따라서 김태환은 카프카의 소설이 '자아 → 타자 → 자아의 타자화'라는 흐름을 타면서 주체의 분열을 그려냄으로써 문학의 새 지평을 열었다고 평가했다.

73

그는 제 식탁에서 떨어진 음식 쓰레기를 게걸스럽게 먹는다. 이런 식으로 그는 물론 잠시 동안은 남들보다 더 배불리 먹지만, 식탁에서 식사하는 법을 까먹는다. 그러나 그리하여 이윽고 음식 쓰레기마저 동난다.

도덕적 교훈을 담은 우화의 전형을 보여 준다. 카프카 특유의 유머 감각이다. 인간이 식탁 밑에 안주하면서 음식 쓰레기로 식탐을 충족시키다가 점차 정상적 식사 망각이 관습화된 나머지 주식主食이 된 쓰레기 소멸에 직면함으로써 굶어 죽을 형편에 놓인다는 것.

'아포리즘·20'은 사원寺院에 난입한 표범들이 신성한 음료를 폭음하는 행동을 되풀이하자 결국 엄숙한 제의의 일부가

됐다면서 인간 사회에서 종종 일어나는 '관행의 제도화'를 종교에 빗대 풍자했다. 그런데 '아포리즘 · 73'은 식사하는 법의 망각이 굳어진 나머지 음식이 소멸한다는, 다시 말해서 밥 먹는 법을 잊어버려서 굶어 죽을지도 모른다는 공포의 묵시록을 제시했다. 어찌 보면, 우스꽝스러운 종말론이 아닐까.

74

낙원에서 파괴됐다고들 하는 것이 파괴될 수 있는 것이었다면, 그런 경우 그것은 결정적인 것은 아니었다. 하지만 그것이 파괴될 수 없는 것이었더라면, 우리는 잘못된 믿음 속에 살고 있는 것이다.

"낙원에서 추방됨은 원칙적으로 영원하다"라면서도 '그럼에도~'라고 반박한 '아포리즘 · 64~65'를 되돌아보게 한다. 낙원 상실은 잠정적이라는 게 카프카의 성경 〈창세기〉 해석이다. 인간이 인식의 나무 열매를 따먹었기 때문에 낙원의 질서를 파괴한 것이라고 한다. 하지만 카프카는 인간의 진정한 죄란 그게 아니었다고 본다. 카프카는 곧이어 나올 '아포리즘 · 82'에서 "우리는 타락했기 때문이 아니라 생명의 나무 때문에 낙원에서 추방됐다"라고 주장한다. 신은 인간이 생명나무의 열매를 따먹지 못하게 하려고 추방했다는 게 숨겨진 진실이므로 우리는 잘못된 믿음 속에 살고 있다는 얘기다. 다시 말해서 우리가 허위의식에서 깨어난다면 낙원으로 돌아갈 가능성이 없지 않다는 것이다.

75

너 자신을 인류와 겨루어 시험해 봐라. 그리하면 의심하는 자는 더 의심케 하고, 믿는 자는 더 믿게 한다.

의심하는 자와 믿는 자의 대립은 당연히 종교적 신앙을 떠올리게 한다. 카프카는 키에르케고르의 기독교 철학을 탐독했지만 자신이 종교에 얽매이지 않았으므로 점차 키에르케고르에서 멀어지는 입장을 취했다. 그는 1918년 3월 브로트에게 보낸 편지에서 키에르케고르를 비판하면서 "종교적으로 분투하는 사람은 자기 내부의 신성한 요소를 지키기 위해 이 세상에 맞서야 하네"라고 주문했다. "그렇지 않으면 마찬가지겠지만, 신성한 요소는 자신을 지키기 위해서 그 사람을 세상에 맞서게 하네"라는 것. 카프카는 자신이 세상에 맞서서, 인류와 겨루어 시험을 치름으로써 절대적 종교 체험 못지않게 자신의 내부에 깃든 파괴할 수 없는 빛을 더 믿게 됐다. 그는 글쓰기를 세상에 맞서 시험 답안지를 쓰는 행위로 여긴 듯했다. 그는 나중에 브로트에게 쓴 편지에서 "작가는 인류의 속죄양"이라고 단언했다.

76

이런 느낌: "나는 여기에 닻을 내리지 않으리라." 그리고 즉시 물결치면서 넘실대는 밀물을 주변에서 느끼리라!

한 번에 급하게 방향 틀기. 숨어서 엿보며, 조마조마하면서, 희망을 품은 채 대답은 질문 주변을 살금살금 맴돌고, 접근할 수 없는 질문의 얼굴을 절망적으로 들여다보다가, 가장 무의미한 길을 따라, 즉 대답으로부터 될 수 있는 대로 멀어지려는 길에서 질문을 쫓아간다.

'여기에 닻을 내리지 않겠다'라는 선언온 다른 아포리즘들과 연결시켜 볼 때 감각세계에 정주하지 않겠다는 작가로서의 의지 표명으로 읽힌다. 작가는 밀물처럼 덮쳐오는 세속의 압박에 당당히 맞서 '인류의 속죄양'이란 역할에 충실해야 한다. 그러기 위해선 세속적 가치로부터의 일탈, 요컨대 실존적 급선회를 시도해야 한다.

　그다음은 망망대해의 막막함이 아닐까. 인생이 질문을 던지면 인간은 대답해야 하는데, 자칫하면 동문서답이 될 수 있다. 의도와 결과의 일치가 좀처럼 쉽지 않은 법. 그래서 카프카는 대답이 질문을 절망적으로 뒤쫓는다고 탄식했을까.

77

사람들을 상대하다 보면 자기검증에 시달린다.

타인들을 많이 접촉할수록 자기 자신을 더 자주 들여다보게
된다. 타인이 지옥이 되는 순간 자아 역시 지옥이 되는 것. 14년
동안 직장생활을 한 카프카는 항상 대인 관계를 관리하는 것
을 힘들어했다. 카프카는 1913년에 12월 19일에 쓴 일기에
서 "적극적 자기검증을 혐오한다"라고 밝혔다. "자신의 영혼
을 다음과 같이 설명해야 한다. 어제 나는 이래서 그랬고, 오
늘은 이래서 이렇다. 그것은 사실이 아니다. 이런 이유 때문
도 아니고 저런 이유 때문도 아니다. 그러므로 그렇지도 저렇
지도 않다."

78

정신은 의지할 수단이 되기를 멈출 때, 비로소 자유로워진다.

카프카는 감각세계의 한계를 벗어난 정신세계를 평생 지향했
다. 그러나 인간 정신을 도구화하는 기성 종교와는 일정한 거
리를 두었다. 종교에 필적하는 인간의 형이상학적 노력은 철
저하게 신앙을 수단으로 이용하지 말고 자력갱생의 길을 밟아
야 한다는 것.

그는 8절판 공책에 남긴 노트를 통해 자유로운 영혼의 선언을 남겼다. "나는 키에르케고르처럼 축 늘어져 버린 기독교의 손에 의해서 삶으로 인도된 것은 아니다. 그렇다고 시온주의자들처럼 유대교의 옷자락 끝을 붙잡고 매달린 것도 아니다. 나는 끝이 아니면 시작이다."

79

관능적 사랑에 속아서 사람은 그것을 천상의 사랑으로 착각한다. 관능적 사랑은 저 혼자서 기만하지 못한다. 하지만 제 안에 무의식적으로 천상의 사랑 요소를 지니고 있어서 그렇게 할 수 있다.

카프카가 보기 드물게 사랑의 예찬을 노래했다. 이 아포리즘을 쓴 1917년까지만 해도 그의 삶에서 낭만적이거나 영원한 사랑을 향한 열정은 찾아보기 힘들었다. 하지만 그는 내면에 깃든 파괴할 수 없는 것을 '천상의 사랑'에 비유하면서 감각세계에 오염되지 않은 사랑의 아름다움을 갈망했다. 그것이 묘하게 씨앗이 됐는지, 1920년 초에 그는 정열적이고 활달한 밀레나 예젠스카를 만나 영혼이 뒤흔들리는 사랑의 황홀경에 빠졌다. 언론인이자 번역가로 활동했던 밀레나는 카프카가 독일어로 쓴 소설을 체코어로 번역하면서 인연을 맺게 됐다. 그녀는 기혼녀였지만 방탕한 남편 때문에 생활고를 겪던 중 카프카를 만나 그의 인간성과 문학성에 매료됐다. 카프카도 열두 살 어린 그녀를 여자가 아닌 '영원한 소녀'라고 부르면서 삶의 동력원이자 문학의 생명수로 삼았다. 두 사람은 숱한 편지를 주고받으면서 진솔한 영혼의 대화를 나눴다. 그 당시 카프카가 그녀에게 쓴 편지들은 매우 간절한 사랑에 애가 탄 심정으로 충만해 있었다.

"그대는 칼이오. 나는 그걸로 뱃속을 스스로 들쑤시고 있소. 그것이 사랑이오. 그대여, 그것이 사랑이오."

"글로 쓰인 입맞춤은 수신인에게 결코 도달하지 않소. 배달되는 도중에 유령이 그 글의 잉크를 다 마셔 버린다오."

하지만 두 사람의 사랑은 2년여 만에 끝나고 말았다. 밀레나는 카프카를 흠모했지만 이혼을 결심하지 못했다. 카프카는 그녀를 영원한 여성성으로 드높인 나머지 스스로를 불결하게 여기면서 천상의 사랑을 향한 염결성의 번뇌에 시달린 바람에 더 이상 관계를 진척시키지 못했다.

"나는 불결하오, 밀레나, 한없이 불결하오. 그래서 나는 청결을 찾아 소란을 피우는 거요. 아무도 지옥 깊은 곳에 빠진 사람들만큼 순수하게 노래를 부르지 않소. 우리가 천사들의 노래라고 여기는 것은 그들이 지옥에서 부르는 노래라오."

80

진실은 분열될 수 없다. 따라서 그것은 제 자신을 깨닫지 못한다. 진실을 깨달았다고 주장하는 사람은 누구나 거짓임에 틀림없다.

카프카가 말한 감정은 인간 정신에 내재되어 있어서 분리될 수 없는 표상 능력에 속한다. 진실은 정신세계의 존재와 감각세계의 존재자가 연결되는 그물망에서 솟아난다. 인간은 내면에 깃든 파괴할 수 없는 불멸의 진실을 지속적으로 믿으면서 그것을 찾으려고 애써야 한다. 하지만 감정이 인식의 왜곡을 낳기도 하므로, 섣불리 진실을 포착했다는 주장은 거짓이라는 혐의에서 자유로울 수 없다. 진실은 완전체로서 플라톤이 말한 '이데아', 칸트가 말한 '물자체'를 가리키는데, 인간의 인식 범위를 넘어선 것이다. 인간은 기껏해야 그 일부를 파악할 수 있을 뿐이므로, 진리를 오롯이 깨우쳤다는 주장은 참된 것일 수 없다.

  독문학자 이주동은 《카프카 평전》을 통해 "불멸의 것이 지니고 있는 비의적인 성질 자체뿐만 아니라 언어가 가지고 있는 한계성 때문에, 그것은 언어로 완벽하게 표현될 수도 인식될 수도 없으며 그 자체로 존재할 수도 없다"라고 언급한 뒤 '아포리즘 · 80'을 인용하면서 "이로써 카프카는 언어의 한계뿐만 아니라 이성적 인식의 한계를 분명히 하고 있다"라고 풀이했다.

81

어느 누구도 궁극적으로 자신에게 해를 끼치는 것을 욕망할
수는 없다. 만약 그럼에도 불구하고 어떤 개인들이 자해를
욕망하는 것처럼 보인다면 ─ 그리고 그들은 어쩌면 항상 그
렇게 보일지도 모른다 ─ 그 까닭의 설명은 이러하다. 요컨
대 그 어떤 개인의 내면에 깃든 누군가가 욕망하는 바가 그
자신에게는 유용하지만, 반쯤은 그 일의 판정을 내리기 위해
동원된 두 번째 누군가에게는 심각한 해를 끼친다는 것. 그
런데 만약 그 어떤 개인이 판정할 때가 돼서야 처음으로 두
번째 누군가의 편에 서는 것이 아니라 애초부터 그렇게 한다
면, 첫 번째 누군가는 사라지고, 그와 더불어 그 욕망도 사라
질 것이다.

"단일하고 동일한 인간 속에 서로 다른 주체들이 있다고 추론
하지 않을 수 없다"라고 한 '아포리즘 · 72'와 연관 지어 읽어
볼 아포리즘이다. 카프카는 개인의 내면이 단일한 주체의 동
일성으로 이뤄진 것이 아니라 여러 주체들의 복잡성으로 형성
됐다고 여겼다. 상식적으로 개인의 욕망을 생각해 본다면, 유
용한 쾌락을 좇는 욕망의 주체(첫 번째의 누군가)가 그 개인의
내면에서 일어난다. 이어서 그 욕망의 옳고 그름을 판정하도
록 동원된 극기의 주체(두 번째의 누군가)가 따로 존재하게 된
다. 아마도 언제나 욕망이 극기에게 해를 끼치기 쉽다. 따라서

카프카의 아포리즘은 얼핏 보기에는, 극기를 편들어서 욕망을 없애라고 권한다. 카프카답지 않게 매우 진부한 도덕 강론이 아닐까.

하지만 카프카가 "욕망을 판정하도록 자의 반 타의 반으로 동원된 두 번째의 누군가"를 언급한 것은 예사롭지 않다. 그는 소설《소송》을 통해 법원의 판결을 받아야 하는 개인은 스스로 자신도 판결해야 하는 책임에서 자유롭지 않다고 강조했다. 그 소설에서 법원의 정체는 애매모호할뿐더러 변화무쌍하다. 실제 현실의 법원이기도 하고, 전체주의와 관료주의의 상징이기도 하고, 인간을 심판하는 신의 법정이기도 하고, 내면의 욕망을 추구하면서 동시에 다스려야 하는 인간 실존의 법정이기도 하다. 아무튼 "인간은 자유롭도록 선고되었다"(장폴 사르트르)라는 식으로 말하자면, 자유라는 죄를 벗어날 수 없는 인간은 이래저래 '법원 세계'에서 벗어날 수 없다. 인간은 그처럼 다양한 얼굴을 지닌 법원 세계에서 느닷없이 영문도 모른 채 체포돼 죄목도 모른 상태에서 판결을 받는데, 동시에 '반쯤은' 또는 '자의 반 타의 반'으로 동원돼 자신의 삶에 대해서 판결하지 않을 수 없다.

카프카는 1920년에 적은 노트를 통해 "나의 인생을 무엇으로 보냈느냐 하면, 인생을 끝장내는 쾌락으로부터 나 자신을 방어하는 것이었다"라고 밝혔다. 그런 방어는 한 번에 끝나는 것이 아니다. 쾌락 원리에 따른 욕망은 쉼 없이 새로 생겨난다. 그때마다 개인의 내면에서 극기의 주체가 반격에 나서

면서 삶의 전환이 일어나는데, 문제는 인간이 지닌 인식의 한
계 때문에 그 전환의 본질을 깨닫지 못한다는 것이다. 그래서
카프카는 "인생이란 계속적인 전향이다. 그러나 그것이 무엇
으로부터의 전향인지에 대해서는 결코 자각할 수 없다"라고
냉소를 날린 듯하다.

82

왜 우리는 인간의 타락 때문에 탄식하는가? 우리는 타락했
기 때문이 아니라 생명의 나무 때문에 낙원에서 추방당했다.
우리가 생명나무의 열매를 먹지 못하게 하려고 그런 것이다.

83

우리는 인식의 나무 열매를 따먹었을 뿐만 아니라 생명의 나
무 열매를 미처 따먹지 못했으므로 죄를 저질렀다. 우리는
죄와는 아무런 상관없이 죄를 저지른 상태에 놓여 있다.

84

우리는 낙원에 살도록 창조되었고, 낙원은 우리를 섬기라는
소명召命을 받았다. 우리의 소명은 변해 버렸다. 하지만 낙원
의 소명조차 변했다는 이야기는 없다.

카프카는 기독교 성서의 〈창세기〉에 등장한 인간 타락 신화에 대해 오랫동안 관심을 기울였다. 특히 '아포리즘 · 82~84'는 인간 타락 신화를 재해석하고 재구성한 작업의 산물이었다.

카프카는 1916년에 쓴 일기장에 아담과 이브를 비롯한 구약성서 읽기의 흔적들을 메모 형식으로 남겼다.

"그들은 하느님의 음성을 들었다. 아담과 이브의 휴식. 인류를 향한 하느님의 분노. 하느님은 아담과 이브에게 가죽옷을 만들어 입혔다. 두 그루의 나무, 석연치 않은 금지, 모두(뱀, 여자, 남자)에게 내리는 징벌, 신이 말을 걸어도 전혀 자극되지 않는 카인을 편애하기. 나의 정신은 늘 인류와 다투지 않는다. 그러자 인간은 하느님의 이름으로 말하기 시작했다. 에녹은 하나님과 함께 살다가 사라졌다. 하나님께서 데려가신 것이다."

구약성서 〈창세기〉에 따르면, 아담과 이브가 인식의 나무 열매를 따먹고서 선과 악을 알게 되자, 하느님은 그들이 생명나무 열매까지 따먹고 영원한 삶을 누리게 될까 봐 에덴동산에서 추방했다고 한다. 그런데 카프카는 아담과 이브의 죄는 선악과를 따먹은 것이 아니라 생명나무 열매를 따먹지 못한 것에서 비롯됐다고 달리 해석했다. 기독교의 원죄설을 정면으로 반박한 것이다.

심지어 카프카는 낙원에서 추방됐다는 신화마저 뒤집어서 풀이했다. 그는 '아포리즘 · 64~65'에서 "그럼에도 우리는 영원히 낙원에 머물 수 있을뿐더러 실제로 그곳에 영원히 존재할 수도 있다. 우리가 그것을 알건 모르건 상관없이"라고 이미 말했다. 또한 그는 '아포리즘·3'을 쓸 무렵의 노트를 통해 "인류는 죽지 않았지만, 낙원의 인류는 죽었다. 그들은 신이 되지 못했지만, 신성한 깨달음을 얻었다"라면서 인간 본성의 신성한 인식 능력을 역설적으로 높이 평가했다. 신이 되지는 못했지만, 신을 느낄 수 있는 신성을 내면에 간직한 인간 존재의 진실을 찾고자 하는 치열한 방황을 드높이고자 한 것이다.

85

악은 특정한 과도기에 나타나는 인간 의식의 방출이다. 실제로 감각세계가 허상인 것이 아니라, 감각세계의 악이 그러하다. 물론 우리 눈앞에 감각세계를 세우는 것은 바로 그 악이다.

카프카는 인간이 감각세계의 한계에 붙잡혀 있는 한 악에서 벗어날 수 없다고 여러 차례 주장했다. 악은 감각세계를 싸움터로 만들어서 인간에게 결투를 신청하는데, 인간의 비극은 악이 내세운 헛것과 죽도록 투쟁해야 한다는 것이다. 또한 그는 인간이 개별적으로는 선을 행할 수 있지만, 사회적 동물로 살아가면서 정의와 이타심을 앞세우더라도 위선이라는 악덕에서 벗어나기 어렵다고 봤다. "모든 미덕들은 개별적이며, 모든 악덕들은 사회적이다"라는 발언도 남긴 것.

86

인간의 타락 이래 선악을 구별하는 우리의 능력은 본질적으로 다를 바 없다. 그럼에도 오늘날 우리는 특별하게 더 나은 점을 찾으려고 애쓴다. 하지만 진정한 차이는 이런 인식의 저편에서야 비로소 시작된다. 상충된 모습은 다음과 같은 사실을 통해 나타난다. 이를테면, 아무도 인식만으로는 만족할 수 없지만, 거기에 맞춰 행동하도록 애써야 한다는 것이다. 그러나 아무도 그럴 힘을 부여받지 못했으므로, 필요한 힘을 얻을 수 없다는 위험을 무릅쓰고라도, 스스로를 파괴해야 하지만 이런 최후의 시도 말고는 아무것도 할 수가 없다. (이것은 인식의 나무 열매를 먹어서는 안 된다는 금지에 따라오는 죽음의 위협이 지닌 의미이기도 하고, 어쩌면 자연사의 본래 의미일지도 모른다.) 이제는 이것은 누구나 시도하기 꺼리는 것이므로 차라리 인간은 선악에 대한 근원적 인식을 뒤집으려고 할 것이다. (원죄라는 용어는 이런 두려움에서 기원한다.) 하지만 이미 벌어진 일은 없었던 일이 될 수 없고, 단지 흐릿해질 수 있을 뿐이다. 그 목적을 위해 동기부여들이 나타난다. 모든 세계는 동기부여로 가득 차 있고, 실제로 모든 눈에 보이는 세계는 아마도 잠깐이라도 쉬고자 원하는 인간의 동기부여에 그칠지도 모른다. 그것은 인식한 사실을 조작하고, 인식을 우선 목표로 삼으려고 시도하는 것이다.

카프카는 '아포리즘 · 3'에서 인간의 모든 죄악은 성급함과 게으름에서 파생된다고 주장했다. 그중에서 성급함이 가장 나쁘다고 강조했다. 그런데 '아포리즘 · 86'에서는 게으름을 더 혹독하게 비판했다. 진정한 인식에 이르고자 하는 인간의 투쟁 정신보다는 '아마도 잠깐이라도 쉬고자 원하는 인간의 동기부여'가 이 세상에 가득 차 있다는 것이다. 그런 게으름으로 인해 인간은 인식한 사실을 조작하면서 자기 망상에 빠진다. 딱하게도 감각세계의 인식 그 자체에 우선 매달림으로써 그 너머를 제대로 파악하지 못한다. 이미 '아포리즘 · 57'에서 "감각세계 바깥의 모든 것에 대하여 언어는 오로지 암시적으로 사용될 수 있을 뿐, 결코 직유 비슷한 것조차 될 수가 없다"라고 설파한 바와 같이.

87

믿음은 단두대의 칼날과 같다. 그토록 무겁고, 그토록 가볍다.

카프카의 아포리즘이 구약성서의 〈창세기〉를 문학적으로 뒤집은 것은, 믿음의 의미를 종교의 중압감에서 벗어나 자유롭게 해석하려는, 참을 수 없는 존재의 가벼움에서 비롯됐다고 볼 수 있다. 사회적 산물로서 종교를 체험한 인간은 믿음의 육중함과 날렵함 사이를 왕복한다. 카프카는 여러 차례에 걸쳐서 종교에 종속되지 않으려고 했고, 유대교 신앙과 시온주의에 충실했던 막스 브로트와는 자주 의견을 달리했다.

그렇다고 카프카 문학이 종교에서 완전히 벗어난 글쓰기였다고 단정하기도 어렵다. 카프카 문학을 '기도로서의 글쓰기'로 강조한 브로트의 관점을 비롯해 유대교와 연관시켜서 카프카를 분석하는 비평가들의 해석도 무시할 수는 없는 것이다.

문학과 종교의 관계에 대한 카프카의 입장을 생각하다 보면, 서양문학사에서 문학과 종교의 만남이 근대 이전에 국한된 쟁점이 아니라 현대에 들어와서도 여전히 강력한 테마로 다뤄진다는 사실을 떠올리지 않을 수 없다. 카프카 문학의 종교성은 개별 사례에 그치는 것이 아니라 서양 소설의 독특한 종교성을 환기시키기 때문이다.

필자는 이 내목에서 소설《파이 이야기》의 작가 얀 마텔을 떠올리게 된다. 지난 2018년 그의 소설《포르투갈의 높은 산》 한국어판이 나온 것을 계기로 마텔을 만나고 나서 기사를 쓴 적이 있다. 다 아시다시피 얀 마텔은 출세작《파이 이야기》를 통해 신神의 의미를 다뤘는데, 그 뒤에 쓴《포르투갈의 높은 산》은 더 도드라지게 종교의 의미를 탐구했다. 그 까닭을 물었더니 이런 대답이 나왔다.

"나는 세속적 인간이지만 종교를 통해 본 것을 소설로 쓰고 싶었다. 현대인들은 대부분 종교를 혐오한다. 하지만 나는 젊은 시절 인도에 머물며 종교에 새롭게 눈을 떴다. 기독교, 힌두교, 이슬람교를 구별하지 않게 됐다.《포르투갈의 높은 산》을 쓰며 기독교를 메타포로 선택했지만 기독교가 내 종교의 전부는 아니다. 나는 모든 종교의 바탕이 되면서 종교를 뛰어넘는 성^聖스러움 The Divine에 접근하고 싶었다."

소설과 종교의 관계에 대해서 물었더니 이렇게 답했다.

"소설은 세계를 이해하는 방식이다. 위대한 이야기는 현미경이나 전파 망원경 같다. 동시에 인간은 믿음을 지녀 왔다. 믿음은 상상력에도 개입한다. 모든 종교는 스토리텔링이다. 기독교, 불교, 이슬람 모두 소설처럼 인물을 세우고, 스토리를 제시하면서 삶의 의미를 탐구한다. 물론 예수와 부처는 허구의 인물이 아니다. 그러나 내가 종교를 통해 말하고 싶은 것은 '당신은 상상력을 발휘해야 신앙에 접근할 수 있다'는 것이다. 종교와 소설은 모두 '불신의 자발적 정지 the willing suspension of disbelief'를 요구한다. 좋은 소설은 독자로 하여금 자발적으로 불신을 멈추게 한다. 종교도 마찬가지다. 냉소주의를 멈춰야 마법이 작동한다. 믿음과 허구는 마술적 사고를 통해 맞물린다고 본다."

88

죽음은 우리 앞에 있다. 교실 벽에 알렉산더 대왕의 전쟁 기록화가 걸려 있듯이. 관건^{關鍵}은 우리가 행동을 통해 우리 인생에서 그 그림을 어둡게 하느냐 혹은 아예 지워 없애느냐는 것이다.

카프카는 이 아포리즘을 쓸 무렵 폐결핵을 앓던 탓인지 일기
장에 죽음에 대해 언급했다. "그러므로 나는 죽음의 양손에 나
자신을 맡긴다. 남아 있는 믿음. 아버지에게로의 귀환. 화해의
위대한 날."

89

라이너 슈타흐에 따르면, 카프카는 원래 기록을 다른 종이에
옮겨 적으면서 89번에 줄을 그어 지워 버렸다고 한다. 그의 번
호 매기기는 89번에서 90번으로 바뀌었다. 원래 89번이 있었
는지는 확실하지 않다. 하지만 앞으로 나올 104번의 내용이
88번에 이어진다는 측면에서 104번을 89번으로 보기도 한다.

90

두 가지 가능성: 자신을 끝없이 왜소화하거나 또는 끝없이
왜소하게 살거나. 두 번째는 마무리, 즉 무위無爲이고, 첫 번
째는 시작, 즉 유위有爲이다.

카프카의 신장은 183센티미터였다고 한다. 작은 키는 아니었
지만, 그는 사회적으로 대인 관계에 서툴렀기에 늘 왜소한 존
재라는 자의식에 시달렸다. 그는 남들과 대화할 때 요구되는
명료함과 견고함, 지속적 일관성이 자신에게는 없다고 일기장

에 자주 털어놓았다. 그는 사회적으로는 거인들 틈에 둘러싸인 소인이었던 셈이다.

91

단어의 오류를 피하기 위하여: 실제로 파괴되는 것은 우선 반드시 단단히 붙잡혀야 하는데, 산산이 바스러지는 것은 바스러지기는 하되 파괴되지는 않는다.

카프카는 인간 내면에 깃든 파괴할 수 없는 것을 여러 차례 언급했다. 인간이 그것을 지속적으로 믿으면서 살아가야 하지만, 그것이 숨어 있으므로 쉽게 포착되지 않는다는 인간 정신의 한계를 절감했다. 인간은 죽음으로써 산산이 바스러지지만, 그는 "부정하는 힘, 바로 계속해서 변화하고 새로워지고 죽어가고 다시 살아나는 투사 유기체인 인간이 가장 자연스럽게 발현하는 이 힘을 우리는 언제나 가지고 있지만 용기가 없는 것이다"라고 일기장에 적은 대로 파괴되지 않는 힘을 꿋꿋하게 믿으면서도 그것을 과감하게 쟁취할 수 있는 능력의 부족을 한탄했다.

92

최초의 우상 숭배는 분명히 세상의 사물들에 대한 두려움이었겠지만, 그것과 연관된 것은, 사물들의 필연성에 대한 두려움이었고, 또한 그것과 연관된 것은, 사물들의 책임에 대한 두려움이었다. 이런 책임감은 너무 막중해 보여서 사람들은 어떤 유일한 탈脫인간 존재에게조차 감히 그것을 부과하지 못했다. 왜냐하면 유일한 존재의 개입은 인간의 책임을 충분히 덜어 주지 못하면서도 그와의 교류는 지나치게 책임으로 얼룩질 것이기 때문이다. 그래서 사람들은 모든 사물에 그 사물 자신에 대한 책임을 짊어지게 했고, 더더군다나 인간에 대한 적절한 책임도 짊어지게 했다.

이 아포리즘에서 '탈脫인간 존재außermenschlich'는 인간 외부의 존재 또는 인간 외적 존재로 번역될 수도 있다. 영어권에서는 'extra-human'으로 옮기기도 했다. 카프카가 앞서 '아포리즘 · 50'에서 언급한 인격신을 가리키는 것으로 보인다. 그런 인격신 숭배를 거부한 카프카는 그 밖에 다양한 우상 숭배도 사물들의 필연성과 사물들에 대한 책임감을 두려워한 인간의 책임 전가라는 점에서 받아들일 수 없다는 입장을 유지했다.

93

이로써 심리학은 끝!

카프카는 심리학 서적을 한때 탐독했다. 하지만 점차 심리학
이 제시하는 인간의 정신과 행동 분석에 동의하지 않음으로써
멀찌감치 떼어 놓은 것으로 보인다. 그는 8절판 공책에 쓴 한
노트에서 "심리학은 왼손으로 쓴 글자를 읽는 것과 같다. 그러
므로 힘이 든다"라면서 "성과는 많지만 실제로는 아무 일도
일어나지 않는다"라고 폄하했다.

94

인생의 초반에 해야 할 두 가지 과제: 그대의 영역을 더욱더
좁히고, 그대가 제 영역의 바깥 어딘가에 숨어 있지 않은지
늘 거듭 확인하라.

카프카는 인간 외부의 피안을 인정하지 않았다. 피안을 추구하
는 것은 인간 영역의 바깥 어딘가에 숨어 버리는 짓이기 때문이
다. 인간은 외부로 나아가기보다 내부로 삶의 영역을 좁히는 게
더 낫다고 본 것. 그는 1914년 8월 7일에 쓴 일기에서 "작가로서
내 운명은 아주 단순하다. 꿈같은 내면생활을 묘사하는 내 재능
은 다른 모든 사안들을 뒤꼍으로 밀쳐 버렸다"라고 선언했다.

95

악이란 때때로 손안에 쥔 도구와 같다. 인식하든 하지 않든 간에, 인간이 그럴 의지가 있다면, 이의 없이 옆에 내려놓을 수 있다.

카프카는 1912년 7월 9일 일기에서 '악령의 발명'에 대해 길게 언급했다. "우리가 악령에 사로잡혀 있다면, 하나의 악령에 사로잡힐 리가 없다. 악령이 하나라면, 우리는 적어도 지상에서 평온하게 신과 함께 있는 듯이 모순 없이, 깊이 생각할 것도 없이 언제나 우리의 배후에 있는 그 남자를 확신하면서 살아갈 것이기 때문이다. … 하지만 악령이 우리 안에 여럿이 있는 한 우리는 행복한 상태에 이르지 못한다."

악령이 인간의 발명품이라고 한다면, 악령은 사람만큼이나 많을 수밖에 없다. 하지만 카프카는 우리가 행복을 추구하는 존재이므로 악령을 다스려야 하고 다스릴 수 있는 의지를 갖추고 있다고 낙관한 것으로 보인다. 일찍이 그는 "그들은 신이 되지 못했지만, 신성한 깨달음을 얻었다"라고 믿었기 때문이다.

96

이 삶의 환희는 삶 자체의 것이라기보다는 더 고상한 삶으로 상승하는 것에 대한 우리의 불안이다. 이 삶의 고통은 삶 자체의 것이라기보다는 그 불안에 따른 자학이다.

97

오로지 여기에서만 고통은 고통이다. 이 고통 때문에 이곳에서 고통받는 사람들은 다른 곳에서 고양高揚되어야 한다는 것이 아니라, 이 세상에서 고통이라 불리는 것은 다른 세상에서, 전혀 변하지 않고서도 오로지 자신의 반대 개념으로부터 벗어났으므로, 축복이라는 것이다.

'아포리즘 · 96~97'은 고통을 다루고 있다. 앞으로 나올 '아포리즘 · 102~103'도 마찬가지다. 모리스 블랑쇼는《카프카에서 카프카로》를 통해 "글을 쓰고자 한 어느 누구도 고통 속에서 고통을 대상화하는 것이 가능함을 결코 이해하지 못했다"라는 카프카의 말을 인용한 뒤 카프카가 지향한 '고통으로서의 문학'이 지닌 의미를 풀이했다. 블랑쇼는 "문학은 고통을 대상으로 구성하면서 고통을 대상화한다"라고 운을 뗀 뒤 "문학은 고통을 표현하는 게 아니라 고통을 다른 방식으로 존재하게 한다"라고 강조했다. 블랑쇼에 따르면, 문학은 고통에 물질성을 부여하는데, 그 물질성이란 작가가 겪는 고난이 희망하는 대로, 세상이 뒤집어지기를 뜻하는 단어들의 물질성이라는 것이다. 문학이 지향하는 세계 전복이란 작가가 앓는 고통이 승화됨으로써, 그리고 그 작가와 함께 고통을 나누는 사람들이 고양됨으로써 누리게 되는 존재의 변화를 의미하기 때문이다.

그런 물질성은 카프카의 편지 중에서 가장 널리 회자되는 대목을 떠올리게 한다.

"내 생각에 우리는 스스로를 다치게 하거나 칼로 찌르는 종류의 책들만 읽어야 하네. 우리가 읽는 책이 머리에 한 방을 날려서 우리를 깨우지 않는다면 뭣 하러 책을 읽는가? … 한 권의 책은 우리 내면의 얼어붙은 바다를 깨는 도끼여야 한다네. 그것이 내 신념일세."

카프카는 고통의 문학을 기반으로 삶의 고양을 추구하면서 축복하고자 했다. 그는 이미 '아포리즘 · 6'에서 "인간 발전의 결정적 순간은 영원히 존재한다"라면서 인간이 드높아질 수 있는 순간의 가능성이 무궁무진하다고 여겼다.

그렇다면 인간은 고통에 날개를 달고서 날아올라야 한다. 상승의 불안, 즉 영혼의 고소공포증을 떨쳐 버려야 한다. 정현종 시인은 "날자, 우울한 영혼이여"라고 권했다. "나는 축제주의자입니다. 그중에 고통의 축제가 가장 찬란합니다"라고 외치지 않았던가.

98

우주의 광대무변廣大無邊과 충만함이라는 표상은 힘겨운 창
조와 자유로운 자기성찰을 혼합해서 극한까지 밀고 나간
결과다.

인간의 힘겨운 창조와 자유로운 자기성찰의 혼합을 통해 우주
는 광대무변하고 충만해진다는 것. 파블로 네루다는 시 〈충만
하게 힘이 실려〉를 통해 이렇게 노래했다. "밤의 검은 작물이
자라고 있다./ 내 두 눈이 평원을 측정하는 동안./ 그렇게 태
양에서 태양까지, 나는 열쇠를 벼린다./ 여명 속에서 자물쇠
를 찾아가는 나는,/ 바다를 향해 부서진 문들을 열어둔다./ 거
품으로 부엌 찬장을 채울 때까지."

　　알베르 카뮈는 카프카를 다룬 에세이 〈프란츠 카프카의 작
품 속에서 희망과 부조리〉에서 "아무튼 카프카, 키에르케고
르, 셰스토프의 작품들처럼 서로 유사한 영감에서 자라난 작
품들, 요컨대 부조리와 그 결말들을 향해 오롯이 몸을 돌린 실
존적 소설가들과 철학자들의 작품이 마침내 이토록 엄청난 희
망의 외침으로 귀착되는 것은 특이한 일이다"라고 평가했다.

99

우리의 죄 지은 상태를 가차 없이 확신하는 것보다 더욱더 답답한 것은, 가장 미약하기는 하지만, 우리의 인생무상을 아주 오래전부터 끊임없이 정당화한 것을 확신하는 것이다. 그 두 번째 확신을 참아내는 불굴의 용기만이, 자신의 순수성으로 첫 번째 확신을 완전히 포괄한다는 점에서, 믿음의 척도이다.

숱한 사람들이 태초의 거대한 기만 말고도 약간 특별한 기만이 저마다 개별적인 경우에도 각자의 이익을 위해 존재한다고 믿는다. 바꿔 말하면, 무대 위에서 사랑의 연극이 공연될 때, 여배우는 극중 연인을 위해 꾸며 낸 미소 외에도 가장 비싼 맨 꼭대기 객석에 앉은 아주 각별한 관객을 위해 특별히 은밀하게 퍼지는 미소를 지으리라는 것이다. 이건 터무니없는 소리다.

카프카는 기독교가 강제한 원죄 의식으로부터 인간이 벗어나야 한다고 줄기차게 주장했다. 그는 더 나아가 원죄보다 더 답답하고 억압적인 것은 인생무상을 체념하고 정당화하는 인간의 게으름이라고 설파했다. 그런 인생무상을 견뎌 내는 불굴의 용기는 앞서 나온 아포리즘에서 되풀이됐듯이, 자기 안에 깃든 파괴할 수 없는 것에 대한 믿음에서 나온다.

이 아포리즘의 두 번째 문단에서 '태초의 거대한 기만'은 원죄 의식뿐만 아니라 감각세계만이 유일한 실체라고 여기는 인간의 자기기만도 가리키는 것으로 보인다. 인간은 터무니없는 추측 또는 어림짐작으로 타인과 현실을 파악하면서 스스로를 기만하다 보니 진실에서 멀어지고, 부조리한 절망과 불안에 시달린다. 이런 실존적 부조리를 극복하려면 불굴의 용기와 순수성이 반드시 필요하다.

알베르 카뮈는 《시시포스의 신화》에서 "카프카는 자신의 신에게 도덕적 위대함, 명백함, 좋음, 일관성을 부여하지 않지만, 그것은 그 품 안에 몸을 더 잘 던지기 위함이다"라고 풀이했다. "부조리를 인정하고 받아들이고 나서 인간은 거기에 자신을 내맡겨 버린다. 그 순간부터 우리는 그가 더는 부조리하지 않다는 것을 안다. 인간 조건의 한계 안에서, 이 조건으로부터 벗어나게 하는 희망보다 더 위대한 희망이 어디 있겠는가."

카뮈는 영원한 형벌에 시달리는 시시포스가 그토록 가혹한 조건에 굴하지 않는 신화를 통해 실존의 부조리에 꿋꿋이 반항하는 인간에게서 희망의 서사를 발견했다. 그는 카프카의 문학에서 그 영감을 얻었음에 틀림없다.

100

악마적인 것에 대한 앎은 있을 수 있지만, 그것에 대한 믿음은 있을 수 없다. 왜냐하면 지금 여기에 존재하는 것보다 더 악마적인 것은 없기 때문이다.

카프카는 '아포리즘 · 51'에서 "악은 인간을 유혹할 수 있지만, 인간이 될 수는 없다"라고 역설했다. 악령 인식이 곧 악령 숭배로 빠지지 않는 까닭이 현존재로서 인간이 늘 악령을 체험하고 인식함으로써 악령을 극복하려 애쓰기 때문이다. 인간의 표상 능력은 우주의 광대무변과 충만함을 품을 정도로 넉넉하다.

101

죄는 언제나 드러내 놓고 오니 감각을 통해 곧바로 그러잡을 수 있다. 죄는 제 뿌리 위에서 걸으니 뿌리 뽑힐 일이 없다.

악은 감각세계에서 공공연하게 일어나므로, 인간의 감각 표상은 악을 파악할 수 있다. 죄를 저지르는 사람은 그 뿌리가 자신의 내부에 있다는 것도 알 수 있다. 하지만 삶의 고약함은 그 뿌리를 뽑을 수 없다는 감각적 진실이다.

102

우리 주변의 모든 고통을 우리는 앓아야만 한다. 우리 모두 한 몸은 아니지만 성장 방식은 한 가지이다. 이 성장 방식이 우리로 하여금 다양한 형태로 모든 고뇌를 거치게 한다. 어린아이가 모든 인생의 단계를 거쳐 노년과 죽음에 이르듯이. (그리고 각 단계는 그 앞 단계에서 보기에, 욕망에서든 공포에서든 간에, 본질적으로 도달할 수 없어 보인다.) 우리도(우리 자신에게만큼이나 인류에게 깊이 결속된 채로) 이 세상의 모든 고통을 거치면서 성장한다. 이런 맥락에서 볼 때, 정의를 위한 여지도 없을뿐더러, 고통을 두려워할 여지도 없고, 고통을 쓸모 있는 것으로 해석할 여지도 없다.

103

너는 세상의 고통으로부터 한발 뒤로 물러날 수 있다. 그것은 네게 달렸고, 네 본성에 부합하지만, 아마도 그 물러남이야말로 네가 기피할 수 있는 유일한 고통일지 모른다.

'아포리즘 · 96~97'에서와 마찬가지로, 카프카는 계속 '고통'을 화두로 삼는다. 인생은 고해苦海라는 불교의 가르침을 떠올리게 한다. 불교에서 고통의 바다라는 비유는 중생이 깨닫기 전에 놓인 어리석은 상태를 가리킨다. 카프카식으로 말하자면, 성급함과 게으름의 상태라고 할 수 있다.

"인간 세상이 '고해'라는 것은 좀 슬픈 일이다. 하지만 꼭 괴로움만 있는 것은 아니고 간혹은 허전하리만치 짧지만 즐거움도 있다. 여기서 무상감이 싹튼다. 무상 속에서 진정한 자기를 발견해 보자는 것이 불교의 가르침이다."("고해", 〈불교신문〉, 2009. 1. 28.)

카프카는 '아포리즘·99'에서 인생무상을 견뎌 낼 정도로 불굴의 용기를 발휘하라고 말한 바 있다. 자기성찰에 도전하는 고통을 치르지 않는다면 번뇌와 고민이 끊이지 않는 고해에서 벗어날 길은 없다. 카프카는 "고통은 이 세계에서 긍정적 요소다. 사실, 고통이야말로 세계와 긍정성 사이의 유일한 연결고리다"라는 말도 남겼다. 고통을 통해 저마다 개인은 '자신 못지않게 인류와도 깊이 결합되어' 성장한다는 것이다.

104

인간은 자유의지를 지니고 있는데, 정확히 말하면 세 가지이다. 첫 번째, 그가 이 삶을 원했을 때 그는 자유로웠고, 이제와서 당연히 그것을 되돌릴 수 없다. 왜냐하면 그는 더는 그것을 원했을 때의 그가 아니기 때문이다. 그는 살아가면서 애초에 원했던 것을 실행하는 정도로만 돌아갈 수 있을 것이다. 두 번째, 그는 이 삶의 여정과 속도를 선택할 수 있으므로 자유롭다. 세 번째, 그는 언젠가 다시 존재할 사람으로서 어떤 경우에도 삶을 돌파하고, 자기 자신에게 이르려는 의지를 갖고 있다는 점에서, 더더군다나 비록 선택할 수는 있어도, 조금도 건드리지 않은 채 지나갈 지점이 없을 정도로 미로와 같은 길 위에 있다는 점에서 자유롭다. 이것이 세 가지 자유의지이다. 하지만 그것은 또한 동시에 발생하고 한 몸이기도 한데, 본질적으로 정말 한 몸이어서 하나의 의지가 들어설 자리가 없다. 자유로운 의지든 자유롭지 못한 의지든 간에.

카프카는 인간이 자유의지를 전개하는 과정을 세 가지로 나눴다. 이 아포리즘에서 첫 번째 단계는 인식의 나무 열매를 따먹은 '인간 타락'의 신화에서 나타난 자유의지를 가리키는 듯하다. 두 번째 단계는 낙원에서 추방된 이후 세속의 감각세계에서 진실을 인식하지 못한 채 자기 마음대로 사는 상태를 일컫는 듯하다. 마지막 세 번째 단계에 카프카의 방점이 찍힌 듯하다. "어떤 경우에도 삶을 돌파하고, 자기 자신에게 이르려는 의지"가 진정한 자유의지라고 역설하기 때문이다.

105

이 세계의 꼬임수란 이 세계가 오로지 거쳐 가는 곳이라는 증표證票와 조금도 틀림없이 똑같다. 오로지 이런 식으로 세계는 우리를 유혹하고 진실에 부합하기 때문에 당연히 그러하다. 그러나 가장 고약하게도 우리는 그 유혹에 넘어간 뒤

증표를 잊어버렸고, 그래서 참으로 선이 우리를 악 속으로, 여인의 눈길이 우리를 그녀의 침대 속으로 유인하고 말았다.

'아포리즘 · 7'에서 카프카는 자신에게 결투를 신청하는 악의 꼬임수를 침대로 유혹하는 여성에 빗댄 적이 있다. 감각세계의 덧없음도 그와 마찬가지로 정신을 혼미하게 하면서 인간을 허무주의로 휘감은 뒤 자기파괴적인 방탕에 빠지게 한다. 현세의 덧없음은 겉보기에 그럴듯한 증표에 불과한 것인데, 우리는 그 허울에 쉽게 넘어감으로써 스스로를 파괴하느라 악이 지배하는 감각세계의 수렁에서 헤어 나오지 못한다.

106

외롭고 낙담한 사람이라도 겸손하면 누구나 다른 사람과 가장 끈끈한 관계를 즉시 맺을 수 있다. 다만 그 겸손이 온전하고 지속적인 경우에만. 겸손이 그렇게 할 수 있는 까닭은 겸손이 기도의 언어이고, 곧 경배이며 가장 확고한 접속이기 때문이다. 다른 사람들과의 관계는 기도의 관계이고, 자신과의 관계는 노력의 관계이다. 노력할 힘은 기도로부터 얻는다.

너는 속임수를 제외한 다른 무엇을 알 수 있는가? 일단 속임수가 폐기된다면, 너는 그쪽을 보지 않아야 한다. 안 그러면 너는 소금 기둥으로 변할 것이다.

카프카는 아포리즘을 쓰던 1917년 11월 6일 일기에 "정말 한심한 무능력"이라고 한 줄 적기도 했다. 뜻하는 대로 글쓰기가 이뤄지지 않았다고 자책한 듯. 11월 10일 일기에는 이렇게 썼다. "나는 아직 결정적 것을 쓰지 않았다. 나는 여전히 두 갈래 길을 가고 있다. 내 앞에 놓인 작업이 엄청나다."

　카프카가 아포리즘을 통해 겸손을 언급한 것은, 여전히 두 갈래 길에서 우왕좌왕하고 있다는 자기비판과 더불어 해야 할 일을 잔뜩 앞에 두고 있다면서 자신을 채찍질하는 심리 상태를 반영한 듯하다. 특히 겸손이 동포를 경배하기 위한 기도를 낳음으로써 개인을 공동체에 확고히 연결시킨다는 언급이 눈에 띈다. 그가 문학을 통해 지향한 이타성의 발현이 아닌가 싶다. 카프카는 개인적 품성의 차원에서만 겸손에 대해 고민한 것은 아니었다. 구스타프 야누흐와의 대화에서 그는 인간이 자연을 지배하려 들지 말고 겸손할 것을 요구했다. 인간이 '만물의 리듬'을 방해하는 것이 다름 아닌 인간의 원죄라고 질타하기까지 했다.

107

모든 이가 A에게 친절하다. 마치 사람들이 명품 당구대를 보호하기 위해 우수한 당구 선수들도 손대지 못하게 하는 것처럼. 그러다가 (그토록 기다리던) 그 위대한 당구 선수가 도착하는 순간, 그 선수는 당구대를 엄격하게 점검하고, 앞서 생긴 어떤 흠집도 용납하지 못하면서도, 그 자신이 당구를 치기 시작하면 난폭하게 미쳐 날뛰는 것처럼.

아포리즘이라기보다는 한 편의 비유담 같은 글이다. 등장인물 'A'는 친절을 가장한 사람들로부터 소외된 것처럼 보인다. 대인 관계에 서툴렀던 카프카의 분신인 듯하다. 사람들이 기다리던 '그 위대한 당구 선수'는 카프카의 다른 아포리즘들이 구약성서의 〈창세기〉를 패러디한 것에 비추어 볼 때 인간을 낙원에서 추방한 신을 떠올리게 한다. 자비롭지 못하고 분노 조절 장애가 있는 신이 아닐 수 없다. 카프카는 그런 신을 겨냥한 인간의 조롱을 대변하기 위해 '그 위대한 당구 선수'의 우화를 쓰는 십자가를 짊어진 것은 이닐까.

108

"그러나 그러고 나서 그는 마치 아무 일도 일어나지 않았다는 듯이 제 할 일을 다시 시작했다." 명확하지 않은 숱한 옛날이야기들에 나오는 이런 언급에 우리는 친숙하다. 비록 그런 말이 어느 이야기에도 나오지 않았지만.

카프카가 즐겨 사용하는 역설의 이야기다. 원본이 없는 서사가 가지치기를 거듭하면서 원본을 대체하는 상황이 인간 사회에서는 흔히 일어날 수 있지 않는가. 인간은 내러티브를 통해 현실을 인식하고 재구성하니까. 조지 오웰의 소설 《1984》을 언급할 때 가장 많이 인용되는 문장을 떠올리게 된다. "과거를 지배하는 자가 미래를 지배한다. 현재를 지배하는 자가 과거를 지배한다." 현재를 지배한 세력이 역사와 사실을 왜곡하면서 신화 조작까지 서슴지 않는 일은 실제로 흔하게 일어난다.

카프카는 구약성서의 〈창세기〉를 비롯한 그리스 로마 신화 또는 호메로스의 서사시를 비튼 단편 산문을 많이 써냈다. 그는 서구 사회에서 누구나 알고 있는 이른바 교양 신화의 허구성을 뒤집는 비유담을 통해 사람들이 망각한 근원적 진실을 일깨우려 했다.

109

"우리의 믿음이 부족하다고 말할 수는 없다. 우리가 살아 있다는 가장 단순한 사실이야말로 결코 마르지 않는 믿음의 가치이다." "이 말이 믿음의 가치를 가리킨다고? 아무튼 인간은 살지 않을 수 없는데 말이야." "믿음의 광기 어린 위력은 정확히 바로 이 '아무튼 하지 않을 수 없다'에 자리 잡고 있다. 그것은 이러한 부정어법에서 형식을 취한다."

네가 집밖으로 나갈 필요가 없다. 식탁에 앉아 귀를 기울여라. 듣지도 말고 그저 기다려라. 기다리지도 말고 철저하게 입 다물고 홀로 있어라. 세계가 자청해서 가면을 벗을 것이다. 세계는 달리 어쩔 도리가 없다. 그것은 네 앞에서 황홀감에 취해 온몸을 비틀 것이다.

카프카는 자신의 내면에 깃든 파괴할 수 없는 것을 찾지 못하더라도 그것이 숨어 있다는 사실을 지속적으로 신뢰하려고 했다. 그가 살아 있다는 단순한 사실을 부정하지 않는 한. 때로는 그 믿음이 광기를 분출할지도 모른다. 그래도 아무튼 그 믿음은 마르지 않는 샘과 같다.

　이 아포리즘의 후반부는 프라하를 중심으로 형성된 생활 세계를 크게 벗어나지 않았던 카프카가 책상에 붙박인 채 작가로서의 삶을 유지하고자 했던 까닭을 일깨워 준다. 카프카는 유리장 바깥으로 보이는 프라하 시내를 가리키면서 손가락으로 원을 그려 놓고 그 안에 이 세계가 오롯이 들어 있다고 여겼다. 그는 인간이 각자의 '개인적 실존이라는 좁은 열쇠구멍'을 통해 거대한 세상을 바라볼 수 있을 뿐이므로, 그 열쇠구멍을 깨끗이 간직해야 한다고 말한 적도 있다. 그런데 카프카는 어찌해서 세계가 자청해 가면을 벗고 황홀경에 취해 온몸을 비틀 것이라고 상상했을까. 그 황홀경이란, 알베르 카뮈가 에세이 〈티파사에서의 결혼〉을 통해 묘사한 이런 느낌 같은 것이 아닐까.

　"중요한 것은 나도 아니었고, 세계도 아니었다. 세계와 나 사이에 사랑이 태어나게 하는 저 조화와 침묵만이 중요할 뿐이었다."

참고문헌

김태환, 《미로의 구조》, 알음, 2008.

노이만, 게르하르트, 《실패한 시작과 열린 결말 / 프란츠 카프카의
　　시적 인류학》, 신동화 옮김, 에디투스, 2017.

벤야민, 발터, 《카프카와 현대》, 최성만 옮김, 도서출판 길, 2021.

안진태, 《카프카 문학론》, 열린책들, 2007.

엠리히, 빌헬름, 《카프카를 읽다 · 1》, 편영수 옮김, 유로, 2005.

이주동, 《카프카 평전》, 소나무, 2012.

조정래, 《프란츠 카프카 읽기의 즐거움》, 살림, 2005.

카프카, 프란츠, 《변신》, 이주동 옮김, 솔출판사, 2003.

_____, 《꿈 같은 삶의 기록》, 이주동 옮김, 솔출판사, 2003.

_____, 《소송》, 이주동 옮김, 솔출판사, 2003.

_____, 《성》, 오용록 옮김, 솔출판사, 2003.

_____, 《행복한 불행한 이에게》, 서용좌 옮김, 솔출판사, 2004.

_____, 《카프카의 일기》, 이유선 외 옮김, 솔출판사, 2017.

Blanchot, Maurice, *De Kafka à Kafka*, Editins Gallimard, 1994.

Camus, Albert, *Le Mythe de Sisyphe*, Editions Gallimard, 1942.

Janouch, Gustav, *Conversations with Kafka*, New Directions,
　　2012.

Jesenska, Milena, *Milena Jesenska's Obituary for Franz Kafka*,
　　https://www.tumblr.com.

Kafka, Franz, *Complete Stories*, Schocken Books, 1971.

_____, *Diaries*, Schocken Books, 1948.

_____, *Franz Kafka's letters to Milena*, https://byronmuse.files.
     wordpress.com.
Reiner Stach, *The Aphorisms of Franz Kafka*, Princeton University
     Press, 2022.

카프카 월드

소설

학술원에
드리는 보고

프란츠 카프카 지음
오은환 번역

고매하신 학술원의 회원 여러분!

　여러분은 영광스럽게도 소생에게 한때 원숭이로서 살았던 삶을 학술원에 보고하라고 요청해 주셨습니다.

　　그러나 유감스럽게도 저는 여러분이 원하시는 만큼 그 요청에 부응할 수가 없습니다. 제가 원숭이였던 시절이 이제는 5년 가까이 지난 일이 됐습니다. 달력 위에서는 짧은 시간일지 모르지만 저처럼 전속력으로 내달려 왔을 때는 무한히 긴 시간입니다. 저는 훌륭한 분들과 충고들과 박수갈채와 오케스트라 음악에 둘러싸인 채로, 그러나 근본적으로는 저 홀로, 달려왔습니다. 왜냐하면 비유적으로 말하자면 저의 동행인들은 장벽 너머 먼 발치에 남아 있었기 때문입니다. 어린 시절의 기억이라는 저의 원점에만 고집스레 매달렸다면, 저는 오늘날의 성취를 이룰 수 없었을 것입니다. 사실 고집을 포기하는 것이야말로 제가 스스로에게 부과한 지상의 명령이었습니다. 저는 자유로운 원숭이였으나 그 굴레에는 복종했죠. 하지만 그럴수록 과거의 기억은 저에게 굳게 문을 걸어 잠갔습니다. 인간들이 원했더라면 저는 하늘이 이 땅 위에 세워 놓은 거대한 문을 통해 되돌아갈 수도 있었을 것이지만, 제가 앞을 향하여 스스로를 채찍질해 나아가는 동안 그 문은 제 뒤에서 점점 낮아지고 좁아졌습니다. 그럴수록 저는 인간들의 세상에서 더욱 편안함을 느꼈고, 더욱 잘 맞아 들어갔습니다. 제 과거로 부터 나와 제 뒤로 부는 폭풍은 약해지기 시작하여, 오늘날에 는 제 발뒤꿈치를 식히는 한 줌 산들바람일 뿐입니다. 그리고 제가 한때 지나온 먼 구멍, 폭풍이 나오는 그 구멍은 너무나 작아져서, 만약 제게 그곳으로 돌아가기에 충분한 힘과 의지 가 있다 하더라도 제 몸의 살갗이 다 벗겨져야만 지나갈 수 있 을 것입니다.

솔직히 말씀드리자면, 저는 비유를 들어 표현하기를 즐기 기에 솔직히 말씀드리자면, 신사 여러분, 여러분도 이와 비슷 한 무엇인가를 뒤에 두고 오신 적이 있다면, 여러분이 원숭이 로서의 삶으로부터 멀리 떨어져 있는 것 이상으로 저는 원숭 이로서의 삶으로부터 멀리 떨어져 있는 셈입니다. 지상의 모 든 이는, 작은 침팬지나 위대한 아킬레우스나 똑같이, 발뒤꿈 치가 간질여지고 있습니다.

그러나 어쩌면 어느 정도는 여러분의 요구에 부응할 수 있 을 것입니다. 그리고 저는 매우 기꺼이 그렇게 하겠습니다. 제 가 가장 처음 배운 것은 악수하는 법이었습니다. 악수는 솔직 함의 증명이죠. 제 인생 여정의 정점에 서 있는 오늘, 저는 그 날의 최초의 악수에 이어 솔직한 말을 덧붙일 수 있을 것 같습 니다. 제가 학술원에 드리는 말은 본질적으로 새로운 내용은 없고, 또한 여러분이 바라시는 바에는 한참 못 미칠 것입니다. 그건 제가 세상에서 가장 확고한 결의를 지녔다 해도 말씀드릴 수 없는 것입니다. 하지만 적어도 한때 원숭이였던 작자가 인간 세계에 들어와서 스스로를 뿌리내리기 위해 지켰던 기본 원칙은 보여 드릴 수 있을 것입니다. 그렇지만 제가 완전한 자기 확신, 그리고 문명 세계의 모든 위대한 쇼 극장[1] 무대에서의 제 견고한 위치에 대한 완전한 확신이 없었더라면 저는 지금 말씀 드리려는 변변찮은 이야기조차 해서는 안 될 것입니다.

저는 황금해안[2] 출신입니다. 제가 어떻게 체포되었는지에 대한 이야기는 다른 이들의 보고에 의존해야 합니다. 어느 날 밤 제가 한 무리의 원숭이들과 함께 물을 마시러 해안으로 내려왔을 때 하겐베크 회사[3]가 파견한 사냥 원정대가, 여담으로 그 원정대의 대장과 저는 적포도주를 몇 잔이고 함께 비운 사이입니다만, 수풀에 매복하고 있었습니다. 인간들이 총을 쐈고, 거기에 맞은 것은 저뿐이었습니다. 두 군데를 맞았죠.

하나는 뺨이었는데, 가볍게 스쳤을 뿐이지만 커다랗고 붉은 흉터가 남았고 그 자리는 털이 나지 않게 되었습니다. 이 때문에 분명 어떤 원숭이가 지었을, 혐오스러울 뿐더러 전혀 적절하지도 않은 '빨간 피터'라는 이름이 제게 붙었습니다. 마

---

1 옮긴이 주 : 노래, 곡예, 춤 따위를 빠르게 바꿔 가며 상연하는 프랑스의 테아트르 데 바리에테(버라이어티 극장)의 영향을 받아 세워진 공연 극장.

2 옮긴이 주 : 서아프리카 가나에 있는 기니만 연안의 해변. 막대한 양의 금이 나는 지역이기 때문에 유럽에서는 '황금해안'이라는 이름으로 불렸다.

3 옮긴이 주 : 카를 하겐베크Carl Hagenbeck(1844~1913)는 야생동물들을 포획하여 유럽 동물원에 공급한 독일 상인으로, 현대적 의미의 동물원 원형을 만든 사람이다.

치 얼마 전에 죽은, 여기저기서 유명했던 재주 부리는 원숭이 피터와 저의 유일한 차이가 제 뺨에 있는 붉은 자국뿐이라는 듯이 말입니다. 이건 그냥 여담입니다.

두 번째는 엉덩이 아래쪽이었습니다. 이건 중상이었습니다. 오늘날에도 제가 약간 절뚝이는 것은 이것 때문입니다. 저에 대해 신문에 의견을 내놓는 만 명의 떠버리들 중 한 명이 쓴 기사를 최근에 읽었는데, 제 원숭이로서의 본성이 아직 완전히 제어되지 않았다면서 그 증거로 손님들이 오면 제가 바지를 내려서 총알을 맞은 자리를 보여 주기 좋아한다는 점을 들더군요. 그 글을 쓴 놈은 손가락을 하나하나 분질러 버려야 마땅합니다. 저는, 저는 말이죠, 제가 좋아하는 사람 앞에서는 제 바지를 내려 보일 수 있다고 생각합니다. 거기에는 잘 관리된 털과 흉터밖에는 아무것도 없으니까요. 오해를 피하기 위해 여기서 특정한 의미를 위한 특정한 단어를 선택하자면, 극악무도한 총상의 흉터죠. 모든 것은 만천하에 드러나 있고 숨길 것은 아무것도 없습니다. 고결한 자는 진실이 중요할 때는 우아한 예의범절은 벗어 던지는 법입니다. 하지만 그 기사를 쓴 작자가 손님 앞에서 자기 바지를 내렸다면 그건 다른 맥락으로 보일 것이고, 저는 그가 그렇게 하지 않는 것을 이성의 징표로 받아들이겠습니다. 그 대신, 그도 온유한 성품을 발휘해서 저를 내버려 둬야 합니다!

이 두 군데에 총을 맞은 뒤에 정신을 차려 보니, 저는 하겐베크 증기선의 중갑판[4]에 있는 우리 안이었습니다. 여기서부터가 제 자신의 기억이 서서히 시작되는 시점입니다. 그것은 사면四面이 창살로 된 우리가 아니라 세 면에만 창살이 있고 한 면은 궤짝에 고정된 우리였습니다. 즉, 궤짝이 네 번째 벽이었죠. 그 우리는 제가 곧추서기에는 너무 낮았고 앉기에는 너무 좁았습니다. 그래서 저는 내내 무릎을 구부리고 쪼그려 앉아서 벌벌 떨어야만 했습니다. 저는 처음에는 아무도 보고 싶지 않았고 어둠 속에만 있고 싶었기에 우리의 창살이 제 등의 살을 파고드는 자세로 궤짝을 향한 채 있었습니다. 인간들은 야생 동물을 그렇게 감금하는 방법이 처음 며칠 동안은 이점이 있다고 생각하는데, 제 자신이 겪은 경험으로 볼 때 인간의 관점에서는 정말로 그렇다는 것을 오늘날에는 인정하지 않을 수 없습니다.

하지만 당시에는 그런 생각이 들지 않았습니다. 태어나서 처음으로 저는 출구가 없는 상황, 적어도 정면 돌파할 출구는 없는 상황에 놓였던 것입니다. 제 앞에는 널빤지와 널빤지를 끼워 맞춘 궤짝이 놓여 있었습니다. 널빤지 사이에 빈틈이 있는 것을 처음 발견했을 때는 아무것도 모르고 환호성을 지르기도 했으나 그 빈틈은 너무 좁아 꼬리를 밀어 넣기에도 충분치 않았으며 원숭이의 힘으로는 도무지 벌릴 수가 없었습니다.

나중에 전해 듣기로 저는 이상할 정도로 소리를 내지 않아

---

4 옮긴이 주 : 배의 상갑판 아래에 있는 갑판. 보통 상선에서 승객이 탈 수 있는 가장 낮은 층의 갑판으로 3등 선실이 위치한다.

서, 인간들은 제가 아마 곧 죽든가 혹은 첫 고비를 잘 넘기고 살아남으면 훈련에 아주 잘 적응하게 될 것이라는 결론에 이르렀다고 합니다. 저는 그 시기를 지나 살아남았습니다. 숨 막히게 흐느껴 울고, 고통스럽게 벼룩을 잡고, 지쳐 야자열매를 핥고, 머리통을 궤짝에 대고 두드리고, 누군가 가까이 올 때마다 혀를 드러내 보이는 것, 이런 것들이 제가 새로운 삶을 맞아서 최초로 한 행동들이었습니다. 그러나 한 가지 느낌만은 남았습니다. 출구가 없다는 느낌이었죠. 물론 당시에 제가 원숭이로서 느꼈던 감정은 이제는 인간의 언어로만 묘사할 수가 있고, 그렇기 때문에 그릇되게 묘사하는 것입니다. 하지만 제가 원숭이로서의 옛 삶의 진실에는 돌아갈 수 없다 하더라도, 제가 묘사하는 방향 어딘가에 그것이 있는 것은 분명합니다.

그전까지는 수많은 출구가 있었지만 이제는 더 이상 출구가 없었습니다. 저는 단단히 걸려들었던 것입니다. 사람들이 저를 못 박아 놓았다 하더라도 그보다 덜 자유롭게 움직일 수는 없었을 것입니다. 왜 그랬을까요? 발가락 사이의 맨살을 상처 나도록 긁어도 이유를 알 수 없었을 것입니다. 등 뒤에 있는 창살에 스스로를 짓눌러 몸이 두 동강 날 지경이 되어도 이유를 알 수 없었을 것입니다. 저에게는 출구가 없었으나, 살아남기 위해서는 출구를 마련해야 했습니다. 계속해서 궤짝의 벽을 마주하고 있었다간 저는 무조건 죽고 말았을 것입니다. 하지만 하겐베크 회사에게 원숭이의 자리란 궤짝 벽 앞이었습니다. 그렇다면 저는 원숭이이길 그만둘 수밖에 없었습니다. 명료하고도 아름다운 생각의 흐름이었죠. 저는 이 생각을 어떡하다 보니 뱃속에서 떠올린 것이 틀림없습니다. 원숭이들은 배로 생각을 하니까요.

제가 말하는 '출구'의 의미를 여러분이 이해하지 못하실까 봐 걱정이 됩니다. 저는 이 표현을 가장 일반적이고도 가장 완전한 의미로 쓰고 있습니다. 저는 의도적으로 '자유'라고 말하지 않았습니다. 저는 사방으로 자유로운 그 널찍한 느낌을 말하는 것이 아닙니다. 어쩌면 원숭이로서의 저는 그 기분을 알고 있었을지도 모르고, 또 그 느낌을 동경하는 인간들도 만나 본 적이 있습니다. 하지만 저로 말하자면, 저는 그때나 지금이나 그러한 자유는 바란 적이 없습니다.

여담이지만, 자유라는 것에 대해 인간들은 너무 자주 스스로를 기만합니다. 자유란 가장 숭고한 느낌 중 하나이므로, 그에 상응하는 착각도 숭고할 수 있겠죠. 저는 쇼 극장에서 제 순서가 돌아오기 전에 곡예사 한 쌍이 천장에서 공중그네 공연을 하는 것을 자주 구경했습니다. 그들은 훌쩍 날아오르고, 앞뒤로 몸을 흔들고, 껑충 도약하고, 서로의 팔 위로 아슬아슬하게 올라서고, 한 사람이 다른 사람의 머리카락을 이에 악문 채 떠받쳤습니다. '저것 또한 인간의 자유로구나.' 저는 생각했죠. '오만방자한 움직임이다.' 신성한 자연에 대한 그런 조롱이라니! 만약 원숭이들이 그런 구경거리를 본다면 그 어떤 건축물도 그들의 우렁찬 웃음을 감당하지 못할 것입니다.

그렇습니다. 저는 자유를 원한 것이 아닙니다. 단지 하나의 출구를 원했을 따름입니다. 오른쪽으로든 왼쪽으로든, 또는 어떤 방향으로든 말입니다. 그 외에는 요구하는 바가 없었습니다. 설령 눈속임에 지나지 않는 출구라도 말입니다. 요구하는 바가 작으니 착각도 그보다 클 수는 없었습니다. 앞으로, 앞으로 나아갈 수만 있다면! 적어도 궤짝 벽에 짓눌려 팔을 든 채로 붙박여 있지 않아도 된다면!

오늘날 저는 똑똑히 압니다. 아주 깊은 내면의 평정이 없었더라면 저는 절대로 거기서 벗어날 수 없었을 것입니다. 모든 것은 사실상 제가 배에서 지낸 최초의 며칠 이후에 저의 내면에 자리 잡은 평정 덕일 것입니다. 또한 그 평정은 배에 타고 있던 사람들 덕일 것입니다.

이런저런 일들이 있었지만 그럼에도 불구하고 그들은 좋은 사람들입니다. 저는 오늘날에도 제가 반쯤 잠들어 있을 때 울려 퍼졌던 그들의 무거운 발걸음 소리를 기억하곤 합니다. 그들은 모든 일을 대단히 느릿느릿 실행하는 버릇이 있었습니다. 누군가가 눈을 비비려고 할 때면 그는 마치 무게 추를 매달고 있는 것처럼 손을 들어 올렸습니다. 그들의 농담은 거칠지만 다정했습니다. 그들의 웃음에는 위험하게 들리지만 실제로는 아무 의미도 없는 기침 소리가 항상 섞여 있었습니다. 그들은 항상 내뱉을 무언가를 입안에 머금고 있었으며 어디든 상관하지 않고 그것을 뱉었습니다. 그들은 제게서 벼룩이 옮았다며 항상 불평했지만 한 번도 그것 때문에 진지하게 성내지는 않았습니다. 제 털에서는 벼룩이 잘 자란다는 것을 알고 있었고, 벼룩이란 뛰기 마련인 동물이라는 것도 알고 있었기에, 그 사실을 받아들인 것이죠.

몇몇은 비번일 때면 제 주위에 반원 모양으로 앉곤 했습니다. 말은 거의 하지 않고 그저 서로에게 웅얼거리고, 궤짝 위에서 다리를 편 채 담배를 피우고, 제가 조금이라도 움직이려 하면 무릎을 두들기고, 때때로는 그중 하나가 막대기를 들어 제가 좋아하는 곳을 간지럼 태워 주었죠. 제가 오늘날 그 배로 함께 여행하자는 초대를 받는다면 그 초대는 확실히 거절할 테지만, 그 중갑판에서 제가 추억할 수 있을 기억들은 그만큼 증오스럽지는 않다는 것 또한 확실합니다.

이 사람들 사이에서 제가 얻은 평온함이야말로 저의 도주 시도를 막았습니다. 돌이켜 보면 저는 살고 싶다면 출구를 찾아야 한다는 것, 또한 그 출구는 도주를 통해서는 도달할 수 없다는 것을 적어도 어렴풋이는 깨닫고 있었습니다. 도주가 가능했을지는 지금에 와서는 더 이상 알 수 없지만, 저는 분명 가능했으리라고 생각합니다. 원숭이라면 언제나 도주할 수 있는 재주가 있으니까요. 오늘날의 제 이빨은 일상적으로 호두를 깔 때조차 조심해야 합니다만 당시에는 능히 우리의 자물쇠를 물어뜯고도 남았을 것입니다. 하지만 저는 그렇게 하지 않았습니다. 그래 봐야 무슨 소용이란 말입니까? 저는 머리를 밖으로 내밀자마자 다시 붙잡혀 더 열악한 우리에 갇히거나, 그게 아니라면 들키지 않고 다른 동물들 사이로 달아나

다가, 예를 들면 제 맞은편에 있었던 왕뱀들 사이로 달아나다가, 그들에게 붙잡혀 숨이 끊어졌을 것입니다. 설사 그렇지 않고 갑판까지 살금살금 움직이는 데 성공해서 배 밖으로 뛰어내렸다 하더라도, 저는 망망대해 위에서 잠깐 동안 이리저리 흔들리다가 물귀신이 되었을 것입니다. 어느 쪽이든 절박한 자포자기 행위입니다. 저는 인간처럼 계산을 했던 것은 아닙니다만, 제가 놓였던 환경의 영향으로 마치 계산했던 것처럼 행동했습니다.

저는 계산한 것이 아니라 지극히 침착하게 관찰했습니다. 항상 똑같은 얼굴의 사람들이 똑같은 동작으로 오고 가는 것을 보았죠. 많은 경우는 한 명뿐인 것처럼 보였습니다. 즉, 이 사람 또는 이 사람들은 누구에게도 방해를 받지 않고 돌아다니고 있었습니다. 하나의 높다란 목표가 저에게 어렴풋이 빛나기 시작했습니다. 그 누구도 제가 그들처럼 변신한다면 제 우리의 창살이 사라질 거라고는 약속하지 않았습니다. 그런 명백히 불가능해 보이는 일의 실현에 대한 약속은 주어지지 않습니다. 하지만 일단 그 실현이 성공한다면 그때부터 약속이 모습을 드러냅니다. 앞서 아무리 약속을 찾아 헤매도 결코 발견할 수 없었던 바로 그곳에서 말이죠.

허나 이 인간들 자체에는 제가 매혹될 만한 그 어떤 요소도 없었습니다. 제가 앞서 언급한 자유의 추종자였더라면 저는 분명 이 사람들의 흐린 시선에 비친 출구보다는 차라리 망망대해를 선호했을 것입니다. 그래도 어쨌든 저는 이런 생각을 떠올리기도 훨씬 전부터 그들을 관찰하고 있었고, 바로 이렇게 쌓인 관찰들이 저를 분명한 방향으로 이끌었습니다.

인간들을 흉내 내기란 너무나 쉬웠습니다. 침 뱉기는 첫 며칠 안에 벌써 할 수 있게 되었습니다. 그때부터 우리는 서로서로 얼굴에 침을 뱉기 시작했는데 인간들과 저의 유일한 차이란 저는 침을 뱉고 나서 제 얼굴을 깨끗이 핥았고 인간들은 그러지 않았다는 것이었죠. 저는 파이프도 곧 노인네처럼 피울 수 있게 되었습니다. 그럴 때 제가 엄지를 파이프 대통[5]에 갖다 대기까지 하면 중갑판 전체에서 환호가 터져 나왔습니다. 다만 저는 담배가 들어 있는 파이프와 텅 빈 파이프가 어떻게 다른지는 오랫동안 이해하지 못했습니다.

저를 가장 고생시켰던 것은 슈냅스[6] 술병이었습니다. 그 냄새가 저를 괴롭게 했죠. 저는 온 힘을 다해서 억지로 마셨으나, 그것을 견뎌 낼 수 있게 되기까지는 몇 주나 걸렸습니다. 인간들은 이상하게도 다른 어떤 것보다도 저의 이 내적 고투를 더 진지하게 받아들였습니다. 제 기억에서조차 저는 그 인간들을 일일이 구분할 수가 없지만, 몇 번이고 거듭해서 저를 찾아왔던 사람이 한 명 있습니다. 그는 혼자서 또는 동료들과 함께, 낮이건 밤이건 다양한 시간대에 와서는 제 앞에 술병을 들고 서서 저를 가르쳤습니다. 그는 저를 도무지 이해할 수가

---

5   옮긴이 주: 파이프에서 담뱃잎을 담는 부분.
6   옮긴이 주: 독일의 도수 높은 증류주.

없었고, 저라는 존재의 수수께끼를 풀고 싶어 했습니다. 그는 천천히 병마개를 뽑고는, 제가 잘 따라오고 있는지 확인하기 위해 저를 쳐다보았습니다. 고백하건대 저는 항상 그를 어떤 강렬한, 조급한 관심을 가지고 바라보았습니다. 저와 같은 인간 제자는 인간 선생이 지구를 다 뒤진다 해도 찾을 수 없을 것입니다. 병마개를 뽑은 다음에 그는 술병을 입까지 옮겼고, 저는 시선을 그의 목까지 따라 옮겼습니다. 그럼 그는 흡족해서 고개를 끄덕이며 병을 입술에 가져다 댔습니다. 저는 서서히 다가오는 깨달음으로 환희에 차서 괴성을 지르며 몸을 내키는 대로 마구 긁어 댑니다. 그럼 그는 흐뭇해하면서 술병을 기울여 한 모금을 마셨습니다. 저는 필사적으로 그를 흉내 내려고 안달하면서 우리 안을 난장판으로 만듭니다. 그럼 그는 더더욱 만족했습니다. 그러고 나면 그는 술병을 든 팔을 뻗어 다시 위로 세차게 들어 올리고는, 마치 본보기를 보여 주겠다는 듯이 과장되게 몸을 뒤로 젖혀서 단숨에 술을 들이켜 비웠습니다. 저는 너무 지나친 요구 앞에 지쳐서 더 이상 그를 따라 할 엄두를 내지 못하고 창살에 힘없이 매달립니다. 그는 자기 배를 문지르며 히죽 웃는 것으로 이론 강의를 끝마쳤습니다.

이론 다음엔 실습이 시작됩니다. 이론 강의만으로도 저는 이미 지칠 대로 지쳐 기진맥진한 상태가 아닙니까? 그렇습니다. 완전히 지친 상태죠. 그것이 제 운명입니다. 그래도 저는 저에게 내밀어진 술병을 최대한 잘 잡아서, 벌벌 떨리는 손으로 병마개를 뽑습니다. 그걸 성공하면 차츰 새로운 힘이 생겨

납니다. 저는 원본 인간을 거의 똑같이 흉내 내어 병을 들어 올립니다. 그리고 막상 하려고 하면 — 구역질이, 정말이지 구역질이 나서, 병을 던져 버립니다. 병은 이미 비어 있고 단지 술의 냄새만 남아 있을 뿐이었는데도 구역질이 나서 병을 던져 버립니다. 제 선생님에게는 슬프게도, 그리고 저에게는 더욱 슬프게도 말이죠. 제가 병은 던져 버렸을지언정 그 뒤에 배를 문지르고 히죽 웃기는 잊지 않았다는 사실은 저에게도 선생님에게도 별로 위안이 되지 않습니다.

강의는 너무나 자주 그런 식으로 진행되었습니다. 제 선생님의 명예를 위해 말하자면 그는 저에게 화를 내지 않았습니다. 물론 그는 이따금 불붙은 파이프를 제 털가죽에 대어 제 손이 잘 닿지 않는 곳에 불이 옮겨붙기 시작할 때까지 잡고 있긴 했지만, 그래도 그러고 난 뒤에는 그 커다랗고 선량한 손으로 손수 불을 꺼 주었습니다. 그는 저에게 화를 내지 않았습니다. 우리 둘 다 원숭이의 본성에 맞서 함께 싸우고 있고, 그중에서도 제 쪽이 더 어려운 몫을 맡았다는 걸 그는 알고 있었죠.

하지만 어느 날 저녁 그와 저는 비로소 승리를 거두었습니다. 그것도 큰 무리의 관중이 모여 있는 앞에서 말이죠. 아마도 무슨 잔치가 벌어지던 중이었던 것 같은데, 축음기가 울려 퍼지고, 장교도 한 명 돌아다니고 있었습니다. 이날 저녁 저는 아무도 주의를 기울이지 않고 있을 때 제 우리 앞에 아무렇게나 놓여 있던 슈냅스 술병을 들어서, 점차 사람들의 이목을 끌면서, 아주 교과서적으로 병마개를 뽑고 입가에 갖다 댄 다음,

망설이지 않고, 입을 찡그리지도 않고, 마치 전문 술꾼처럼, 눈알을 뒤집고 목으로 꿀꺽꿀꺽 소리를 내면서, 진짜로 정말로 병이 텅 비도록 마셔 버렸던 것입니다. 그러고 나서 저는 더 이상 절망에 빠진 원숭이로서가 아니라 공연예술가로서 병을 던져 버렸습니다. 사실 배 문지르기는 깜빡했습니다. 그 대신, 참을 수 없었기 때문에, 그러고 싶은 충동에 사로잡혔기 때문에, 감각이 흥분한 상태였기 때문에, 저는 "안녕!" 하고 외마디 소리를 질렀습니다. 인간의 말이 터져 나오면서 동시에 저는 인간 사회로 뛰어들었던 것입니다. 저는 인간들의 반응을 들었습니다.

"저것 좀 들어 봐, 말을 하잖아!"

그 말이 마치 땀에 흠뻑 젖은 제 몸뚱이에 보내는 키스처럼 느껴졌습니다.

거듭 말하건대 저는 인간 흉내에 매혹을 느꼈던 것이 아닙니다. 저는 그 어떤 다른 이유도 아니고 오로지 출구를 찾기 위해서 인간 흉내를 냈습니다. 그날의 승리도 별다른 성과는 없었습니다. 저는 금방 목소리를 잃어버렸고 몇 달 뒤에야 다시 목소리가 돌아왔습니다. 슈냅스 병에 대한 혐오감은 오히려 더 강해졌죠. 그럼에도 불구하고 제가 나아갈 방향은 이제 확실하게 주어졌습니다.

제가 함부르크에서 처음으로 조련사에게 맡겨졌을 때, 저는 제 앞에 두 가지 가능성이 펼쳐져 있다는 것을 깨달았습니다. 하나는 동물원이고, 다른 하나는 쇼 무대였죠. 저는 망설이지 않았습니다. 저는 스스로에게 되뇌었습니다.

'온 힘을 다해서 쇼 무대로 가자. 그곳이 나의 출구다. 동물원은 또 하나의 새로운 창살 달린 우리일 뿐이야. 거기로 갔다간 끝장이다.'

그래서 저는 배우게 되었습니다, 신사 여러분. 배워야만 할 때는 다 배우게 되어 있습니다. 출구가 간절한 자는 배우게 되어 있습니다. 인정사정없이 배우게 되어 있습니다. 채찍을 들고 스스로를 감시하고, 조금이라도 저항했다간 살이 찢어지도록 스스로를 채찍질하게 되어 있습니다. 제 원숭이로서의 본성이 미친 듯이 날뛰고 폭주하는 바람에 저의 첫 선생님까지 거의 원숭이처럼 변해 버려 그는 금방 수업을 중단하고 병원으로 옮겨져야 했습니다. 다행히 얼마 안 가 나오긴 했습니다만.

그러나 저는 많은 선생님들을 갈아 치웠습니다. 심지어 한 번에 몇 명을 동시에 갈아 치우기도 했습니다. 제가 스스로의 능력에 확신이 생기면서, 대중이 저의 성장을 눈여겨보게 되면서, 그리고 제 미래가 빛나기 시작하면서, 저는 직접 선생님들을 고용하여 나란히 배치된 다섯 개의 방에 각각 앉혀 두고 끊임없이 한 방에서 다른 방으로 뛰어다니며 모두에게 동시에 수업을 받았습니다.

저의 성장이란! 각성하는 두뇌 안으로 사방에서 스며드는 지식의 빛들이란! 이런 것이 저를 행복하게 만들었다는 사실은 부정하지 않습니다. 그러나 동시에 자백하건대 저는 그때에도 이미, 그리고 지금은 더더욱, 그것을 과대평가하지 않습니다. 저는 지금까지 지상에서 유례가 없었던 노력을 통해서 평균적인 유럽인의 교육 수준에 도달했습니다. 이는 그 자체로는 아무것도 아닐지 모르지만, 제가 우리 밖으로 나오도록 도와주었고 저에게 특별한 출구, 인간의 삶이라는 출구를 열어 주었다는 점에서는 대단한 성취입니다. 독일어에는 이런 훌륭한 관용구가 있죠. '슬며시 사라지다.'[7] 그게 바로 제가 한 일입니다. 저는 슬며시 사라졌습니다. 저에겐 다른 길은 없었습니다. 자유가 선택지가 아니라는 전제하에서는요.

저의 성장과 지금까지의 목표를 조망해 보면 저는 불만스럽지도 않고 그렇다고 만족스럽지도 않습니다. 바지 주머니에 손을 찔러 넣고, 책상 위에는 포도주 병이 놓인 채로, 저는 흔들의자에 반쯤은 눕고 반쯤은 걸터앉은 자세로 창문을 내다봅니다. 손님이 찾아오면 저는 알맞게 접대합니다. 제 매니저는 곁방에 앉아 있습니다. 제가 벨을 울리면 그가 와서 제가 하는 말을 듣습니다. 저는 저녁에는 거의 매일 공연이 있으며, 이 이상의 성공을 누릴 수 없을 정도입니다. 제가 연회로부터, 학술 행사로부터, 사교 모임으로부터 밤늦게 집으로 돌아오면 반쯤 훈련된 작은 암컷 침팬지가 저를 기다리고 있습니다. 그럼 저는 그녀와 원숭이식으로 좋은 시간을 보내죠. 낮에는 그

---

7 옮긴이 주: 독일어 표현을 직역하면 '수풀 속으로 사라지다'. 사건이 일어난 어떤 장소로부터 슬그머니 모습을 감춘다는 뜻이다.

녀를 보고 싶은 생각이 들지 않습니다. 그녀의 눈빛에는 훈련 받느라 혼란을 겪는 동물 특유의 정신착란이 서려 있기 때문입니다. 저만이 그것을 알아볼 수가 있죠. 전 그것을 견딜 수가 없습니다.

크게 보면 어쨌든 저는 제가 달성하고 싶었던 것을 달성했습니다. 그렇게 애쓸 만한 가치가 없었다고는 말하지 마십시오. 저는 인간의 판결을 바라는 것이 아니라, 단지 지식을 전파하고 싶을 뿐입니다. 저는 단지 보고를 드릴 뿐입니다. 학술원의 고매하신 회원들인 여러분께도 저는 단지 보고를 드렸습니다.

카프카에스크
시

출근
이름

김혜순

출근

지하철 타고 가다가 너의 눈이 한 번 희번득하더니 그게 영
원이다.

희번득의 영원한 확장.

네가 문밖으로 튕겨져 나왔나 보다. 네가 죽나 보다.

너는 죽으면서도 생각한다. 너는 죽으면서도 듣는다.

아이구 이 여자가 왜 이래? 지나간다. 사람들.
너는 쓰러진 쓰레기다. 쓰레기는 못 본 척하는 것.

지하철이 떠나자 늙은 남자가 다가온다.
남자가 너의 바지 속에 까만 손톱을 쓰윽 집어넣는다.

잠시 후 가방을 벗겨 간다.
중학생 둘이 다가온다. 주머니를 뒤진다.
발길질. 카메라 셔터를 누른다.
소년들의 휴대폰 안에 들어간 네 영정사진.

너는 죽은 사람들이 했던 것처럼 네 앞에 펼쳐지는 파노라마를 본다.

　바깥으로 향하던 네 눈빛이 네 안의 광활을 향해 떠난다.

　죽음은 바깥으로부터 안으로 쳐들어가는 것. 안의 우주가 더 넓다.

　깊다. 잠시 후 너는 안에서 떠오른다.

　그녀가 저기 누워 있다. 버려진 바지 같다.

　네 왼발을 끼우면 네 오른발이 저 멀리 달아나는 바지, 재봉질도 없는 옷,

　지퍼도 없는 옷이 뒹굴고 있다. 출근길 지하도 구석에.

　가련하다. 한때 저 여자를 뼈가 골수를 껴안듯 껴안았었는데

　브래지어가 젖가슴을 껴안듯 껴안았었는데.

　저 오가는 검은 머리털들이 꽉 껴안은 것. 단 한 벌.

저 여자의 몸에서 공룡이 한 마리 나오려 한다.
저 여자가 눈을 번쩍 뜬다. 그러나 이제 출구는 없다.

저 여자는 죽었다. 저녁의 태양처럼 꺼졌다.
이제 저 여자의 숟가락을 버려도 된다.
이제 저 여자의 그림자를 접어도 된다.
이제 저 여자의 신발을 벗겨도 된다.

너는 너로부터 달아난다. 그림자와 멀어진 새처럼.
너는 이제 저 여자와 살아가는 불행을 견디지 않기로 한다.

너는 이제 저 여자를 향한 노스텔지어 따위는 없어라고
외쳐 본다.

그래도 너는 저 여자의 생시의 눈빛을 희번득 한번 해보다가
네 직장으로 향하던 길을 간다. 몸 없이 간다.

지각하기 전에 도착할 수 있을까? 살지 않을 생을 향해 간다.

– 《죽음의 자서전》, 문학실험실, 2016.

이름

　죽은 애인이 만나자고 한다. 카페에서 만나자고 한다. 화장실에서 만나자고 한다. 병원에서 만나자고 한다. 외국에서 만나자고 한다. 병원에서 만나자고 한다. 외국에서 만나자고 한다. 이도저도 안되면 침대에서 만나자고 한다. 잠깐이면 된다고 한다. 피해 봤자 소용없다고 한다. 창문 밖으로 나오라고, 잠깐이면 된다고 한다. 얼굴만 보자고 한다.

　죽은 애인이 왜 왔냐고 한다. 아직 만날 때가 아니라고 한다. 왔으니 눕기나 하라고 한다. 누웠으니 자라고 한다. 잤으니 나가라고 한다. 신발이나 제대로 신고 가라고 한다. 그렇게 소리 지를 것까진 없다고 한다. 그렇게 넘어질 것까진 없다고 한다. 무릎이 까질 것까진 없다고 한다.

　죽은 애인이 너에게 온다. 문을 열지 않았는데도 온다. 가방을 들지 않았는데도 온다. 신발을 신지 않았는데도 온다. 기침을 하지 않았는데도 온다. 살았다면 이렇게 자주 오지는 못하리라. 약속하지 않았는데도 온다. 옷을 입지 않았는데도 온다. 땅에 묻혔는데도 온다.

죽은 애인으로 가득 찬 바닷속을 걸어간다. 애인으로 가득 차 휘몰아치는 바닷속을 걸어간다. 숨을 쉴 수도 없고 숨을 멈출 수도 없는 바닷속을 걸어간다. 태풍이 부는 바닷속을 걸어간다. 비가 내리는 바닷속을 걸어간다. 바다천장, 바다바닥, 바다벽, 바다창문, 광대하게 흔들리는 푸르름 속을 숨 가쁘게 걸어간다. 고개를 돌리는 곳마다 애인 천지인 바닷속을 걸어간다. 바다 밖에선 아무도 못 보지만 바다 밑 수백 미터 고래 두 마리가 피 터지게 싸우고 있다.

죽은 애인이 같이 차 마시자고 한다. 같이 밥 먹자고 한다. 같이 얼굴 씻자고 한다. 같이 놀자고 한다. 꿈속에 같이 놀러 가자고 한다. 점점 악랄해진다. 어떻게 하면 이제 그만 헤어져야 할까 궁리하고 있는데, 애인이 두 눈을 가린 손을 떼더니 이름이 뭐냐고 묻는다. 우리가 언제 만난 적이 있냐고 묻는다.

-《죽음의 자서전》, 문학실험실, 2016.

카프카에스크
시

질주
넙치

최승호

질주

「저것 봐요! 비둘기가 죽어가요」 아내의 다급한 소리에 놀라 고개를 들어보니 참으로 알 수 없는 일이 벌어졌다. 비둘기가 하늘에 걸려 기우뚱한 채 한쪽 날개만을 푸득거리고 있지 않은가. 자동차를 타고 있었고 뒤에서 자동차들이 무서운 속도로 쫓아오고 있었으므로 브레이크를 밟을 수가 없었다. 감전된 듯 푸득푸득거리면서 비둘기는 점점 등뒤로 멀어져 갔다. 사실은 우리가 빠르게 도망자들처럼 멀어져 가고 있었다. 에어컨을 틀고 있었고 차 유리문을 다 닫고 있었기 때문에 비둘기의 절규도 그 어떤 울부짖음도 들려오지 않았다.

- 《그로테스크》, 민음사, 1999.

넙치

1
허공으로 치솟은 오피스텔은
거대한 캐비닛을 연상시킨다.
그 지하상가 수족관 바닥의
넙치가
무엇을 내다보고 있는지는 불확실했다.
그러나 내다보고 있었다.

2
오른쪽 뺨에 눈이 없구나.
넙치,
한쪽 뺨은 영원한 밤이다.

3
왼쪽 오른쪽으로 나누어졌던 눈을
한곳에 모으느라
넙치는 얼마나 고통스러웠을 것인가.
눈알 하나를 밤마다 끌어당겨
왼뺨으로 옮긴 뒤

넙치는 원했던 사시斜視가 되어 버렸다.

4
넙치 눈은
배꼽을 쏙 빼닮았다.
눈도 배꼽처럼
단절의 흉터인가.
껌벅거리는
흉터,
시선은
남아 있는 탯줄,
한없이 뻗어 나가는 투명한 탯줄?
엇갈리면서
뒤 없는 투명함을 마중 나가는.

5
비로소 바닥에
옆으로 누울 수 있게 된 물고기의
베개가 없다.

6

나는 그 변신을 이해했다. 오해한 것인지도 모른다. 그러
나 적어도 이해한 것이라고 생각한다.

수족관에서의 일이다. 어제는 바닥에 넙치가 있었다. 혼자
였다. 공기방울이 부글부글 끓어오르고 있었다. 수면으로 떠
오른 기포들은 물거품의 층을 형성했다. 그것은 텅 빈 회갈색
안구들 같기도 했다. 오래가지는 않았다.

어제 넙치가 있던 바닥에 오늘은 벽돌이 놓여 있다. 넙치
가 벽돌로 변신하는 것은 이해하기 힘든 일이다. 그러나 나는
이해했다. 오해한 것인지도 모른다. 그러나 적어도 이해한 것
이라고 생각한다.

7

거대한 캐비닛을 연상시키는
밤 오피스텔 타일벽마다
배꼽 같은 넙치 눈들이 잔뜩
돋아났다고 하자. 그것은 보석이 아니라

서치라이트처럼 움직이면서
어두운 하늘로 빛을 쏘아댈 것이다.
그렇기는 하나
고독한 발광에
허공이 눈 하나 깜짝거리기나 할까.
그러나 발광할 것이다.

- 《그로테스크》, 민음사, 1999.

카프카에스크

소설

카프카의
유령

김행숙

1

잠에서 깼는데, 꿈속의 세계가 엎질러져 침대에서 눈을 뜬 채로 꿈에 흥건하게 젖어 있을 때가 있다. 1분, 2분, 10분쯤 두 개의 세계에 동시에 속해 있는 것이다. 그러다가 꿈에서 밀려 나온 세계는 차츰 세력을 잃고 주춤주춤 뒤로 물러난다. 그리고 꿈의 형상들이 안개의 입자처럼 대기 중에 고르게 퍼져 나가면, 잽싸게 망각이 찾아와 꿈의 얼룩까지 모두 닦아 낸다. 그제야 사람들은 확실히 잠을 깼다고 생각한다. 그들은 확률값 1인 세계에 도착했다고 느낀다.

그러나 사태가 반드시 그렇게 흘러가는 것은 아니다. 아침에 벌레로 깨어나 다시는 사람으로 돌아가지 못하고 꿈이 잉태한 형상으로 40여 일을 살다가 상처 입은 벌레인 채로 죽어 간 한 남자의 이야기를 우리는 잘 알고 있다. 이 유명한 이야기의 저자인 카프카 자신이 그럴 뻔했던 게 분명하다. 카프카는 아침 햇살이 자신에게 마땅히 베풀어야 하는 망각의 축복을 제대로 누리지 못했다. 한나절을 벌레로 누워 버둥거리면서 이렇게 발이 많아도 이제 앞으로 단 한 줄의 글도 쓸 수 없으리란 공포에 시달리곤 했다. 잠에서 깼으나 꼬박 이틀 밤낮을 꿈에서 빠져나오지 못하고 벌레에 사로잡혀 있기도 했다.

그쯤 되면 절대 잊히지 않는 것이다. 그것이 징그러운 벌레든, 붉은 원숭이든, 노래하는 회색 쥐든 간에, 그 낯선 존재의 감각은 카프카의 살갗에 스며들어 카프카의 일부가 되었다. 그가 글을 쓸 때면 여러 마리의 동물이 한꺼번에 몸을 비틀어대며 생경한 이야기를 쏟아냈다.

글을 쓸 때 카프카는 카프카가 아니었다.

그러나 글을 쓰지 않았다면 카프카는 카프카로 살 수 없었을 것이다. 글을 써서 각종, 이종, 잡종 동물들을 진정시키지 않았다면 필경 그는 제 몸을 내어 준 동물들에게 잡아먹히고 말았을 것이다. 많은 사람들의 짐작과는 달리 카프카는 글을 쓰는 고통을 몰랐다. 글을 쓰지 않는 고통이 너무나 컸기 때문이다. 그렇다고 해서 글을 써서 그가 그저 충만하고 행복했느냐면 그건 또 아니었다. 그는 뭔가에 내몰린 듯이 불안했다. 그가 단어를 선택하고 사용한 것이 아니라 도리어 언어라는 동물이 그를 난폭하게 이리저리 끌고 다니며 사용했기 때문이다. 그는 완벽한 작품의 이미지에 몰두하거나 충실할 수 없었다. 그는 이상적인 작품을 향해서 나아가는 것이 아니라 씀의 상태에 절박하게 매달려 있었다. 글을 쓰지 못하고 있으면 카프카는 물을 벗어난 물고기의 고통을 느꼈다. 달리는 걸 멈추면 폭탄이 터지도록 장치된 버스를 모는 영화 속의 운전기사처럼 그는 쓰는 행위에 절박하게 동시에 불안하게 매달려 있을 수밖에 없었다.

초고를 다듬는 퇴고의 절차는 언제나 몰아치는 글쓰기의

파도에 뒷전으로 밀려나 있었다. 그러나 죽음이 가까이 다가오자 카프카는 자신의 원고가 대부분 초고 상태라는 것을 불편하게 의식하게 되었다. 초고란 작가 자신조차 제대로 읽지 않은 글이다. 그런 면에서 보자면 초고는 일기와 같은 종류의 글이었다. 그것을 읽을 미래의 독자를 상정하지 않고 다만 지금 쓰고 있을 뿐인 글이라는 점에서 말이다. 그래서 유고의 출판을 자신에게 맡겨진 의무이자 우정의 증거로 여길 것이 뻔한 성실한 친구 B에게 카프카는 간곡하게 부탁했던 것이다. 남은 원고 더미를 모두 불태워 달라고. 물론 세상이 다 알고 있듯이 B는 그 마지막 약속을 지키지 않았다.

그러나 B가 카프카의 원고를 다 지켜낸 것은 아니다. 카프카는 죽음이 다가오자 더욱 뭔가에 쫓기는 기분에 떠밀렸다. 그는 약해진 기력을 끌어모아 거의 마지막 순간까지 글을 썼는데, 기존의 원고를 추리거나 다듬을 여력은 없었지만 자신의 원고를 없애 버릴 힘까지 소진했던 것은 아니었다. 그는 자신의 유령을 못 견디게 괴롭힐 원고는 제 손으로 거의 다 없앴다. 그러나 생각만큼 많은 양의 원고가 소각된 것은 아니었다. 자살을 하려던 사람의 손목에 남은 주저흔 같은 것이 그의 영혼에 균열을 일으켰다. 카프카는 B에게 유언을 남긴 게 아니라 그를 시험에 빠뜨린 것이었다. 다만 모든 것이 카프카의 뜻대로 되었는지는 아무도 모른다. 카프카도 카프카를 끝내 몰랐을 테니까.

B가 찾아낸 카프카의 원고 더미 중에는 반쯤 타다 남은 노트가 한 권 있었다. 모든 문장이 반은 재가 되었고 반은 수수께끼가 되어 있었다. 이런 가정을 해보지 않을 수 없다. 재와 수수께끼로 남은 이 노트의 운명에 카프카의 의도가 관여하고 있다면, 벽난로의 일렁이는 불꽃 그림자를 얼굴에 드리운 채 카프카는 무슨 생각에 빠져 있었을까. 이제 그 어두운 마음을 헤아려 볼 차례다. 망가진 폐와 심장의 헐떡임 속에서도 차분하게 가라앉아서 과히 크게 흔들리진 않았던 카프카의 어떤 결심을.

사람들이 쉽게 짐작할 첫 번째 가능성은 다음과 같다. 카프카는 노트를 완전히 없애 버릴 작정으로 뜨거운 벽난로 속으로 집어던졌다. 그는 노트의 모든 문장이 이젠 돌이킬 수 없게 연기와 재로 변했다고 생각하고 노트의 존재를 망각했다. 그렇지만 뜻하지 않게 어떤 우연과 우연이 공모하여 노트의 완벽한 제거를 방해했다. 그리고 타고 남은 노트의 조각은 잿더미에 가려져서 그날 벽난로에서 소각된 다른 원고들처럼 형태와 물성을 잃고 이 세계에서 완전히 사라진 존재로 위장될 수 있었다. 이 노트는 B가 약속을 깨고 지켜 낸 것이 아니라 재로 변한 카프카의 사라진 원고들이 자신의 비밀을 감추듯이 지켜 낸 것이다. 다만 B는 사건의 숨은 실마리를 찾는 탐정의 표정으로 잿더미를 뒤적거렸던 것인데, 이 속에서 뭔가를 발견하게 될 것을 마치 미리 알고 있는 것 같은 태도를 보였다.

이러한 B의 태도로 미루어 두 번째 가능성을 제기할 수 있다. 카프카는 노트를 태우면서 처음부터 반만 태울 계획을 세웠다는 것이다. 카프카는 노트의 반을 없애고 반을 남김으로써 무슨 메시지인가를 전하려 했던 것 같다. 아마도 그는 남겨지는 글과 사라지는 글의 운명이 불꽃의 너울거림처럼 가변적이라는 것을 환기하려 했을 것이다. 다시 말해 남겨진 글이 사라질 뻔했으며, 사라진 글이 남겨질 뻔했다는 것. 그러니 남겨진 글을 사라진 글처럼 간주하고 사라진 글을 남겨진 글처럼 여길 것. 이런 메시지는 이미 쓰인 글과 아직 쓰이지 않은 글의 관계에도 적용된다. 지금 쓰이는 글과 미처 쓰이지 못한 글의 존재 양상 또한 벽난로 속에서 벌어지는 일과 마찬가지다. 그것은 불꽃이나 파도의 모양처럼 예측할 수도 확정할 수도 없는 것. 카프카는 아직 쓰이지 않은 글의 파고와 압력으로 자신이 살아 있음을 느꼈지만, 그 무엇보다 자신의 죽음을 가장 확실하게 증언할 수 있는 것 또한 쓰이지 않은 글의 영원한 불가능성이었다. 남겨진 글과 사라진 글, 쓰인 글과 쓰이지 않은 글, 삶과 죽음은 서로의 대립항이 아니라 서로를 향해 애타게 날름거리는 불꽃의 이미지로 타오르는 한 몸이 된다. B가 타다 만 노트를 보고 대번에 이러한 카프카의 메시지를 간파해 냈을 것 같진 않다. 그럼에도 불구하고 그는 잿더미를 뒤져 타다 남은 거뭇한 노트 한 권을 건지면서 왠지 모르게 카프카스럽다kafkaesk고 느꼈다. 그래서 의미심장한 표정이 얼굴에 떠올랐지만, B의 낯빛에 스며든 의미가 카프카의 것이었다고 할 수는 없다.

그러나 카프카의 의도가 정확히 이 노트를 겨누고 있었다고 주장하는 것은 아무래도 억지스럽다. 이 점을 고려한 세 번째 추론은 다음과 같다. 카프카는 이 노트를 포함하여 적잖은 원고를 불태우면서 일부의 문장과 단어의 조각은 우연의 도움을 받아 불길을 피할 거란 걸 이미 계산에 넣어 두고 있었다. 다시 말해 딱히 이 노트만이 그런 운명을 가져야 할 필연적인 이유 따위는 없었던 것이다. 어쨌든 카프카가 의도했던 것은 장작불이 무너뜨릴 글의 체계와 문장의 논리였다. 잘린 문장들의 조각, 깨진 단어들의 파편은 글을 쓸 때 그를 불안하게 만들었던 바로 그 언어의 다른 미래들, 그림자들, 유령들이었다. 그것은 불완전한 결함이나 결여가 아니라 유한한 존재인 그를 벗어나는 무한한 가능성, 무한한 실패의 궤적을 자동 생성하는 언어였다. 불에 그을린 언어는 그를 글쓰기 기계로 사용했던 바로 그 단어, 그가 유령이라고 불렀던 그 모든 단어의 성격을 대변한다.

이 노트는 카프카의 선물일까, 저주일까. 분명한 것은, 만약 당신이 이것을 카프카의 선물이나 저주로 받아들인다면 그건 당신의 문제이지 카프카의 관심사와는 아무 상관이 없다는 것이다. 카프카는 카프카의 글쓰기에 매달려 있었을 뿐이다. 그는 자신의 글쓰기 안에서 전전긍긍했다. 그 바깥에서 파생되는 효과는 모두 예상 밖의 일이다. 그리고 세상의 정말 많은 일들은 예상 밖에서 벌어진다. 카프카는 지나치게 많이 읽혔다. 물론 세상의 수많은 일들이 예상을 좀체 벗어나지 않는 것 또한 분명한 사실이다.

3

자, 이제 그을린 노트에 남겨진 단어들로 돌아가기로 하자. 노트를 쥔 B의 손안에서 노트의 불탄 가장자리는 해변에서 부서지는 파도처럼 한순간에 바스라졌다. 그가 좀 더 조심했어야 했다고 질책하는 것은 헛짓거리다. 사실 그 정도면 그로서도 충분한 주의를 기울였다고 할 수 있고, 또한 아무리 조심스럽게 다가가도 그것은 결국 날아가 버릴 검은 새였던 것이다. 최종적으로 남은 노트의 분량은 30퍼센트 정도. 그나마도 노트를 손상시키지 않고서 페이지를 넘겨 보는 건 최고난도의 기예를 요하는 일이었다. 불길에 잘 구워진 종이는 세상에서 가장 얇은 도자기처럼 사소한 손길에도 쉽게 깨질 것이기 때문이다.

B는 이 노트의 존재를 누구에게도 말하지 않았다. 처음에는 그럴 필요성을 전혀 느끼지 못했기 때문이었다. 그는 노트를 숨기려고 한 게 아니었다. 노트의 존재를 세상에 드러낼 것인가, 말 것인가, 그런 유의 갈등이 그에겐 아예 없었다. 읽을 수 없는 노트를 뭐라도 읽겠다는 독자들 앞에 내놓는 건 얼마나 터무니없는 수작인가. 만약에 훗날 이 친구가 문학계의 전설이 되면 그래서 카프카 박물관 같은 것이 만들어진다면, 카프카의 전설에 기여할 피 묻은 손수건 정도의 유물이 될는지

모르겠지만, 당시에 이 노트는 역시 피 묻은 손수건처럼 치워야 할 쓰레기에 불과했다. 그러나 B가 이 노트의 존재를 계속해서 숨기게 된 것은 그것이 그에게 단순한 쓰레기일 수 없었기 때문이다.

그는 카프카의 유고를 차례로 한 권 한 권 책으로 묶어 출판하면서 이제껏 알지 못했던 편집자로서의 권능을 맛보았다. 카프카가 살아서 이 과정을 함께했다면 이렇듯 카프카스러운 저작물이 세상에 척척 나오지 못했을 것이라고 그는 내심 생각하고 있었다. 카프카는 그의 충고가 못마땅했을 것이고, 둘은 사소하게 그러다가 심각하게 싸웠을 것이고, 끝내 결별했을 것이고, 카프카는 옴짝달싹 못 하고 불안에 쫓겨 밤이고 낮이고 일기만 써댔을 것이다. 죽은 카프카는 얼마나 편안한가! B는 감탄했다.

B의 터치를 부드럽게 받아들여서 카프카의 원고는 초고 상태를 벗어났으나, B의 그림자는 눈에 띄지 않아야 했다. 그의 흔적이나 저작권이 세상에 드러난다면 카프카의 열성적인 독자들은 그에게 카프카의 초고를 돌려 달라고 요구할 것이다. 그러면서 그를 카프카의 계곡을 오염시킨 공장폐수 취급할 것이 뻔하다. 카프카를 사랑하는 사람들 모임은 순수한 카프카를 살려 내라고 카프카의 생일이나 기일, 무슨무슨 어처구니없는 기념일을 핑계로 B의 집 앞에 몰려와선 떠들썩하게 시위라도 벌일 참이다. 사람이 사람을 사랑하는 방법은 이렇게나 다르다. 아, 생각만으로도 피곤하다. B는 고꾸라지듯 푹

고개를 숙였다. 자신의 흔적이 보존되기 위해서는 흔적이라는 사실 자체가 감춰져야 한다. B의 터치는 카프카보다 더 카프카스러웠다. B는 카프카의 살아 있는 유령이 되어야 했다.

그러나 그 노트는 달랐다. 그 노트에서 출발해 책을 만드는 일은 작가와 편집자와 비평가의 차이를 완전히 기각시켰다. B는 그 노트의 존재를 의식하는 것만으로도 그의 무의식에서 어떤 이야기가 시작되고 풀려나오는 것을 느낄 수 있었다. 그것은 누구한테서도 들어 본 적이 없는 이야기였다. 그도 그럴 것이 그 누구도 읽을 수 없게 불타 버린 이야기이기 때문이다. B는 제 손으로 이 이야기를 써 나가고 싶었다. 입가에 희미한 기쁨이 번지는 게 느껴졌다. 노트는 더러운 손수건이나 모자 같은 유품의 자격으로도 세상에 등장하지 않을 것이다. 그는 노트의 존재를 완벽하게 제 안에 감추기로 작정했다. 그는 이 노트를 독점하기로 결심했다. 그에게 끝내 남은 것은 이 노트뿐이었다. 그는 내면의 타오르는 불길로 노트를 뜨겁게 감쌌다.

언제부터였을까. 어째선지 B는 카프카식의 농담이 버무려진 프로메테우스의 이야기를 자주 떠올렸다. 카프카는 프로메테우스의 전설에 세 개의 버전을 보충함으로써 이런 문장에 도달한다.

"끝내 남은 것은 도무지 설명할 수 없는 바위산이다."

카프카의 관심은 불을 훔친 프로메테우스의 행위에 있지 않고, 언제나 죄로 호명되고 벌로 펼쳐지는 뒷이야기에 오롯이 쏠렸다. 죄와 벌에 관해서라면 카프카는 할 말이 아주 많았다. 그것은 그에게 악몽이자 신비였다.

카프카가 추가한 첫 번째 버전은 이렇다. 상처가 채 아물기도 전에 정기적으로 간을 쪼아 먹으러 찾아오는 독수리의 부리에 그때마다 기절할 만큼 고통스러웠던 프로메테우스는 몸을 바위 속에 점점 깊이 구겨 넣게 되었고 끝내 바위와 프로메테우스는 구분할 수 없는 한 몸이 되었다. 두 번째 이야기에 따르면 그렇게 수천 년의 시간이 흐르는 사이에 신들은 프로메테우스의 배신과 신의 정신을 휘감았던 노여움을 잊었고, 독수리는 신의 잔인한 명령을 잊었으며, 프로메테우스는 자신이 어쩌다 바위의 일부가 되었는지까지 몽땅 잊어버렸다. 그러니까 두 번째 이야기는 시간과 망각에 대한 이야기다. 세 번째 버전은 무한 반복되는 일에 신도 지치고, 독수리도 지치고 프로메테우스의 고통도 상처도 지쳐서 아물고 코카서스산에는 우주의 적막만이 남게 되었다는 것이다. 세 개의 서로 다른 이야기에서 끝내 남은 것은 오직 도무지 설명할 수 없는 바위산뿐이라는 것이다. 설명할 수 없는 것만이 이야기를 낳고, 낳고, 또 낳는다. B가 보기에, 신의 화염을 통과하고 남은 이 노트의 존재는 정확히 바로 이런 성질의 것, 도무지 설명할 수 없는 사물, 물자체物自體였다.

B는 프로메테우스의 불꽃이 앗아간 이야기들을 불러내기로 했다. 빳빳한 백지를 충분히 가진 새 노트에 그가 쓴 첫 단락은 이랬다.

"카프카는 아침에 벌레가 되어 깨어난 남자 이야기를 두 개의 버전으로 썼다. 훗날 그 하나는 전 세계에 널리 알려지지만, 작가의 말에 의하면 이것은 완벽한 변신 이야기가 아니었다."

B는 유명해지지 않은, 프로메테우스의 고통처럼 신한테도 인간한테도 잊혀진, 그 누구도 기억하지 못하는 또 하나의 변신 이야기를 썼다. 그러나 그 이야기를 미처 다 쓰기도 전에 새로운 이야기가 성욕처럼 치밀어 올랐기 때문에 '두 개의 버전'이라는 구절은 나중에 몇 번이고 수정해야만 했다.

이야기가 이야기를 낳는다는 것. 그러므로 유한한 인간이 이야기를 끝낼 수는 없다는 것. 언제나 인간은 이야기를 하는 도중에 죽을 수밖에 없다는 것을 그는 알게 되었다. 그래서 카프카가 그토록 불안하고 초조했던 거로군. B는 생각했다. 초조함은 인간의 죄 중의 죄, 가장 근본적인 죄악이라고 말했던 카프카는 이야기의 벌을 자진하여 받고 있었던 것이다. 이야기를 쓰지 못할 때 카프카를 괴롭힌 것은 죄책감이었다. B는 밤마다 불꽃 속으로 사라진 이야기들에 휩싸이면서 죄의식이 그의 내면에 마치 오래된 친구처럼 자리 잡는 것을 분명하게 느꼈다. 때때로 B는 벌레가 되는 것도 괜찮겠다고 생각했다.

카프카에스크

소설

심사

이기호

1

연구실로 찾아온 형사는 회색 후드 재킷에 청바지 차림이었다. 거기에다가 아이패드와 뉴발란스 운동화까지. 그는 마치 이제 막 복학한 3학년 학생처럼 보이기도 했다.

"전화드렸던 남부서 김태민입니다."

그는 내게 명함을 건네며 정중하게 허리 숙여 인사했다. 나는 그에게 내 명함을 건네지 않았다. 어차피 그는 내 연락처도, 주소도, 다 알고 있을 테니까.

"제가 30분 후에 강의를 들어가야 해서요."

나는 그와 함께 소파에 앉으면서 출입문 옆 벽에 걸린 시계를 힐끔 쳐다보았다. 그건 사실이었다. 나는 일부러 그와의 약속 시간을 그렇게 잡았다.

"20분 안에 끝내도록 하겠습니다."

그는 고개를 끄덕거리면서 말했다. 왁스를 바른 짧은 머리칼, 날렵하게 깎인 하관과 짙은 눈썹, 아무래도 낯이 익은 얼굴이었다. 하긴, 이 도시에서 10년 이상 살다 보면 누구나 다 낯익어 보이기도 하지. 인구 20만이 채 되지 않는 작은 도시. 어쩌면 그는 내가 근무하고 있는 대학교의 졸업생일지도 모른다. 행정학과나 법학과를 졸업한 후 경찰 공무원 시험에 합격

한 졸업생. 만약 그렇다면 그는 내 강의도 들었을 것이다. 나는 10년 전부터 '현대문학 산책'이라는 교양과목을 맡고 있었다. 그 강의는 졸업하기 위해선 무조건 들어야 하는 필수 교양 과목이었다.

"전화로 말씀드린 것처럼 양승오 씨 마지막 통화기록이 교수님으로 되어 있어서요."

그는 아이패드를 내려다보며 말했다.

"이게 새벽 1시 15분으로 되어 있는데 … ."

"맞아요. 그때 그 사람 전화를 받았습니다."

나는 되도록 무심한 목소리를 내려고 노력했다.

"그때 무슨 말씀을 나누셨는지 … ?"

김태민 형사가 순간적으로 나를 잠깐 노려보았다. 나는 긴장하지 않았다. 긴장할 일이 아니었다. 나는 아무런 죄도 짓지 않았으니까 … . 하지만 그 마음 또한 나는 좀 이상했다. 누군가 죽은 사건이었다. 그 죽은 사람과 마지막 통화를 한 사람이 바로 나였다. 아무런 죄가 없다고 하더라도 … 그래도 긴장하는 게 맞지 않을까? 한데도 나는 전혀 긴장되지 않았다. 되레 조금 화가 났을 뿐이었다.

나는 허리를 의자 등받이에 느슨하게 기대며 천천히 말했다.

"그때 그분이 무슨 말을 했냐면요 … ."

2

한 달 전, 시 산하 문화재단으로부터 전화를 받았다. 지역 문학단체 후원 공모사업 심사에 관한 건이었다.

"교수님, 이게 두 시간 정도면 끝나는, 정말 간단한 심사거든요."

전화를 걸어온 직원은 마치 보험 가입을 권유하는 세일즈맨처럼 애원조로 말했다.

"글쎄요, 제가 워낙 심사하는 걸 좋아하지 않아서 … ."

실제로 나는 되도록 심사하는 자리를 피하고 있었다. 심사를 많이 해보진 않았지만 … 그건 어쩐지 늘 죄를 짓는 기분이 들었다. 누군가를 선택하고, 또 누군가를 배제하는 일. 거기에는 부정할 수 없는 권력과 오해, 아집과 착각, 그리고 자기변호가 뒤섞여 있었다. 거기에다가 들이는 시간과 그에 늘 반비례하는 심사료까지 생각하면 … .

"저희 같은 지역에서 심사하실 만한 분을 찾기 어렵거든요. 그렇다고 서울에서 심사위원을 모셔올 형편도 안 되고 … ."

'그러게 이 사람아, 진작에 심사료를 좀 높이지.'

그러나 나는 그 말은 하지 않았다.

"K 선생님도 저희 사정 뻔히 아시고 수락해 주신 거거든요."

"K요? 평론하는 K 선생을 말씀하시는 건가요?"

내가 되묻자, 직원은 짧게 "네"라고 대답했다.

K가 심사를 한다면 … 그건 또 다른 문제였다. K는 나보다 4살 위의 평론가였다. 한 번도 만나 본 적은 없었지만, 나는 그

가 쓴 책들을 열심히 따라 읽으면서 늘 감탄해 마지않은 처지였다. 명확하고 날카로운 진단과 논리적이고 치우치지 않는 담론의 전개, 거기에 문학장을 넘어선 자본주의 네트워크의 틈새를 노리는 비판까지. 그에 대한 세간의 평에 나는 거의 전적으로 동의하고 있었다. 그런 그가, 이 도시에서 버스로 2시간 정도 떨어진 한 사립대학교 교수로 재직 중인 그가 온다면, 그건 분명 다른 차원의 문제가 되는 게 맞았다.

"아, 이거 참 … 먼 곳에서 오는 사람도 있는데 … 뻔히 여기 사는 거 알 텐데 모른 척할 수도 없고 … 그럼 같이 하는 거로 하지요."

나는 그렇게 심사를 수락했다.

문화재단 직원은 엉뚱하게도 "아멘, 아멘"이라는 단어를 몇 번 반복했다. 그가 바로 양승오 씨였다.

3

심사는 채 1시간도 걸리지 않아서 끝났다.

지원서를 낸 지역 문학단체 중 세 곳을 선정, 총 3천만 원의 지원금을 배정하는 심사였는데, 경쟁률 자체가 원체 낮았다. 지원서를 낸 지역 문학단체는 총 네 곳. 지원서의 내용도 작고문인 선양사업, 자체 무크지 발간사업, 지역시민을 위한 문학창작 프로그램 운영 등으로 모두 엇비슷했다.

"박 형. 여긴 좀 심하지요?"

K는 내게 한 곳의 지원서를 내밀면서 은연중에 자신의 의

견을 말했다.

'글로벌 문인 네트워크 협회'라는 다소 거창한 이름의 단체였다. 전국 각지의 문인들을 초대해 1박 2일 동안 문학 축전을 벌인다는 것이 지원서의 핵심 내용이었는데, 사업비의 대부분을 초대가수를 부르고, 시낭송 사례비로 지출하겠다고 적혀 있었다.

"그러네요. 이게 무슨 개업축하 공연도 아니고 … ."

나는 고개를 끄덕이면서 K와 눈을 마주쳤다.

처음 만난 K는, 목소리는 낮고 말투는 좀 느린 편이었다. 감색 정장 재킷에 흰 와이셔츠, 거기에 알이 둥근 은테 안경까지, 그는 좀 고전적으로 보이기도 했다. 나는 그런 걸 좋아했다.

"그럼 여길 빼고 나머지 단체에 골고루 나눠 주는 걸로 하지요."

우리는 손쉽게 합의를 봤다. 그건 누가 봐도 공평한, 이의를 제기할 수 없는 판단이었다. K와 나는 심사 서류를 밀봉한 후, 양승오 씨에게 제출했다.

"그래도 여기까지 오셨는데, 식사라도 하고 가시지요?"

문화재단 건물을 나서면서 내가 K에게 넌지시 말했다. 나는 애초부터 그럴 작정이었고, 그래서 오후 시간을 통째로 비워 둔 상태였다.

"아, 아닙니다. 제가 오늘 여기 혼자 돌아다니고 싶은 곳이 있어서요."

K는 정중한 목소리로 말했다. 그런 다음 짧게 목례를 한

후, 혼자 앞서 걸어가기 시작했다.

나는 기분이 상할 수밖에 없었다. 그에게 가졌던 호의가 한 순간 고가도로 위 난간을 들이받고 추락해 버리는 자동차처럼 내 마음 저편에서 빠르게 사라져 버렸다. 차라리 선약이 있다고 하지. 그런 거짓말이라도 들었다면 내 기분이 좀 나아졌을지도 모른다. 하지만 그는 지나치게 정직했고, 그래서 나는 무시당한 기분이 되었다.

나는 주차장에 세워 둔 차에 바로 타지 않고 그 옆에 서서 담배를 한 대 피웠다.

그 순간, 전화벨이 울렸다. K인 줄 알았는데, 발신번호에 양승오 씨의 연락처가 떴다.

"저기, 선생님 … 이게 수정을 좀 해 주셔야 할 것 같은데요 … ."

양승오 씨가 난감한 목소리로 말을 건넸다.

4

그날 이후, 양승오 씨는 거의 하루에 한 번꼴로 전화를 걸어왔다.

"아니 그쪽에서 먼저 세 곳만 선정해 달라고 하지 않았습니까?"

나는 노골적으로 짜증을 냈다.

"네, 그건 맞는데요 … . 저희 사무국장님이 예산을 더 책정하라고 한 걸 제가 잊어서 … ."

양승오 씨는 지원서를 낸 네 곳 모두 심의에 통과한 것으로

서류를 고쳐 달라고 부탁했다. 그것 때문에 따로 문화재단 사무실에 들를 필요는 없고, 자신이 직접 서류를 들고 찾아뵙겠다고 했다.

"아니, 그러면 그건 심사가 아니잖아요?"

내가 계속 볼멘소리를 내자, 양승오 씨는 이렇게 말했다.

"선생님, 선생님 말씀도 맞는데요 … . 그래도 어차피 책정된 예산이어서 … ."

"아무리 그래도 그렇지, 공적 예산을 이렇게 쓴다는 게 … ."

양승오 씨는 한동안 침묵을 지켰다. 나는 그가 명백히 실수한 것이라고 생각했다. 그러자니 그가 좀 짠해지기도 했다. 사람은 누구나 실수를 한다. 그 실수를 눈감아 주고, 이해해 주는 것도 역시 사람의 일이었다.

"아니, 저는 그렇다고 쳐도 K는, K 선생한텐 어쩌려고 하십니까?"

"그래서 제가 선생님께 이렇게 간곡히 부탁을 드리는 겁니다. 선생님께서 K 선생님을 좀 설득해 주셨으면 해서요 … ."

"K 선생한테 말씀을 하셨어요?"

"네. 아무래도 먼 곳에 계시는 분이다 보니 먼저 연락드리고 찾아뵈려고 … ."

느슨해지던 내 마음이 다시 팽팽하게 일어선 것은 바로 그 순간부터였다. 하지만 나는 가급적 그 마음을 들키지 않으려고 노력했다. 그 마음과 마음은 지금 일어난 심사의 번복과 하등 상관없는 일이었다.

"글쎄요, 이건 누가 누구한테 부탁하는 순간, 먼저 잘못을 저지르는 일이 되는 거 같네요."

나는 그렇게 말하고 양승오 씨와의 통화를 종료했다.

5

"그다음부터 계속 그 사람한테서 연락이 왔습니다."

묵묵히 내 말을 듣고 있던 김태민 형사는 잠깐 고개를 갸우 뚱했다.

"이게 그렇게 중요한 심사인가요?"

"심사는 다 중요하죠."

"아니, 제 말씀은 선생님께서 그렇게 수정해 주지 않을 만 큼 중요했냐는 뜻입니다."

나는 잠깐 침묵을 지켰다. 그러곤 다시 말했다.

"저만 그런 건 아니고, K 선생도 끝까지 고쳐 주지 않았습 니다. 어쨌든 우리는 절차대로 진행한 거니까요."

서류는 거짓말을 하지 못한다. 우리의 심사 절차는 모두 서류에 남아 있었다.

"그러면 그날 밤도 그 얘기를 하신 건가요? 양승오 씨 마지 막 날도?"

"아니요. 그날 밤은 좀 다른 이야기를 했습니다."

내 말에 김태민 형사는 허리를 앞으로 길게 빼며 조금 더 가까이 다가앉았다.

그날 밤, 양승오 씨는 뜬금없이 교회 '부흥회' 이야기를 꺼냈다.

"선생님, 혹시 부흥회 가 보신 적 있으세요? 교회에서 하는 그 부흥회 말이에요."

그의 목소리에는 취기가 잔뜩 묻어 있었고, 가파른 계단을 오르는지 숨소리가 거칠었다.

"이거 보세요, 양승오 씨! 지금이 몇 신 줄 아세요!"

나는 잠결에 전화를 받은 상태였다. 그래서 그랬는지 몰라도 온몸의 신경이 한꺼번에 목 근처로 몰려와서 잔뜩 날을 세웠다.

"지금이 몇 시죠? 늦은 시간인가요? 아, 저는 몰랐는데 … ."

그러면서 그는 연신 죄송하다는 말을 반복했다. 나는 그대로 전화를 끊으려고 했지만, 그가 또 한 번 내 신경을 건드리는 말을 건넸다.

"K 선생님하곤 지금까지 통화를 했는데 … . 그래서 저는 이렇게 늦은 시간인 줄 몰랐거든요."

나는 입술을 꾹 다문 채 침묵을 지켰다.

"K 선생님은 부흥회를 가 본 적 있다고 하시더라고요. 예전에 독실한 신자여서 … ."

"하고 싶은 말이 뭡니까?"

양승오 씨는 내 말에 "아, 그러니까 그게, 제가 무슨 말씀을 드리고 싶냐면요" 하면서 계속 뜸을 들였다. 수화기 저편에선 바람 소리와 새 소리가 섞여 들려왔다. 양승오 씨는 짧게 기침을 하기도 했다.

"제가 10년 전쯤에 교회 부흥회를 간 적이 있었거든요. 그게 아마 대학교 졸업하고 얼마 안 됐을 때인데 … . 그때 부흥회 강사로 온 목사님이 저를 위해서 특별 안수기도를 해 주기도 하셨어요. 저를 제단 위로 올라오게 한 뒤, 교회에 모인 모든 성도들과 함께 통성기도를 드렸는데 … ."

나는 눈을 감고 그의 말을 잠자코 듣기만 했다. '이제라도 심사 서류를 고쳐 줄까', 잠깐 그 생각을 하기도 했다.

"목사님이 그러시더라고요. 여기 있는 이 신실한 청년에게 방언 은사가 내릴 때까지 우리 함께 기도해 주자고."

양승오 씨는 다시 어딘가를 오르면서 말하기 시작했다.

"그랬더니 정말 거기 모인 수백 명의 성도들이 저를 위해서 기도하기 시작한 거예요. 주님을 부르고 하나님 아버지를 부르면서 열렬히 … ."

"저기요, 양승오 씨. 내일 낮에 다시 통화를 하지요."

"그래서 저도 간절히 기도드렸어요. 저에게 방언 은사를 내려 달라고, 주님의 나라의 말씀을 배우게 해 달라고, 열심히 기도드렸어요. 한데, 아무리 기도해도 그게 잘되지 않는 거예요."

양승오 씨는 내 말엔 별 관심이 없었다. 그는 자신의 말에만 집중하고 있었다.

"그러자니 제가 미안해서 죽겠는 거예요. 부흥회 강사님한테도, 성도들한테도 … . 다 나를 위해서 기도하고 있는데 나에겐 그런 은사가 나타나지 않으니 … . 그러니 무슨 큰 죄를 지은 것만 같은 거예요."

나는 길게 한숨을 한 번 내쉬었다. 나는 그대로 전화를 끊어야겠다고 마음먹었다.

"그래서 제가 어떻게 했을 거 같습니까, 선생님?"

"양승오 씨, 이만 끊겠습니다."

"그래서 제가 그날 … ."

"거기까지만 듣고 제가 먼저 전화를 끊었습니다."

나는 김태민 형사와 벽시계를 번갈아 바라보며 말했다.

"그러고 나선 또 걸려 오진 않았구요?"

김태민 형사는 아이패드를 바라보면서 물었다. 나는 말없이 어깨를 한 번 으쓱 올렸다.

"부흥회 이야기는 왜 했을까요?"

"글쎄요. 저도 끝까지 들은 게 아니어서 … ."

김태민 형사는 고개를 끄덕거렸다.

"한데, 그게 … 실족사가 맞긴 맞는 건가요?"

내 질문에 김태민 형사가 빤히 내 쪽을 바라보았다.

"뭐, 현재까지는 그런 상태입니다. 미끄러진 흔적도 있고, 아무래도 어두운 밤에 산을 올라가다 보면 … ."

나는 두 손을 깍지 낀 채 잠깐 양승오 씨의 얼굴을 떠올려 보았다. 그의 목소리는 또렷하게 기억났으나, 그의 얼굴은 좀처럼 그려지지 않았다.

"이 정도면 얼추 된 거 같습니다. 저희도 이게 절차라는 게 있어서요."

김태민 형사는 아이패드의 화면을 잠갔다.

"이게 참 … 괜스레 제가 미안한 마음이 들어서 … ."

나는 혼잣말처럼 작은 목소리로 중얼거렸다. 김태민 형사가 그 말을 들은 것 같았다. 그는 잠시 나를 바라보다가 소파에서 일어났다.

"상황이 바뀌게 되거나, 다른 정황이 나오면 그때 또 연락드리겠습니다."

그는 내게 인사를 했다. 나도 고개를 숙였다.

"정확히 20분 걸렸네요."

김태민 형사가 나가고 난 뒤, 나는 출석부와 교재를 챙겨 강의실로 향했다. 강의실로 향하는 엘리베이터 안에서 나는 잠시 휴대폰을 바라보았다. 거기에는 양승오 씨가 죽기 전날 밤, K로부터 온 문자 한 통이 남아 있었다. 나는 그 문자를 다시 한번 확인했다.

"이 선생님, 통화 부탁드립니다."

나는 그 문자를 노려보다가 삭제 버튼을 눌렀다.

엘리베이터 안에는 아무도 보는 사람이 없었다.

카프카의 밀실
평론

혼돈의
바다에서

김태환

이야기는 질서와 혼돈의 이원적 대립 위에 축조된다. 질서와 혼돈은 우리가 살고 있는 세계의 두 상태이다. 질서는 항상적이고 안정적이며 예측 가능한 상태를, 혼돈은 세계가 일정한 규칙대로 움직이지 않고 불안정하여 예측을 허용하지 않는 상태를 가리킨다.

전형적인 이야기의 구성은 '질서-혼돈-질서'라는 단순한 도식으로 압축할 수 있다. 세계의 질서가 파괴되어 혼돈에 빠졌다가 영웅이 그 혼돈을 극복하고 질서가 회복된다. 기독교 신화의 서사가 바로 그러하다. 인간은 에덴동산에서 평화롭게 살다가 죄를 짓고 추방당하여 고통과 죽음이 있는 삶 속에 떨어진다. 하지만 인간은 구세주의 힘으로 죄사함을 받고 천국에서 영생을 얻는다.

'질서-혼돈-질서'의 도식은 이처럼 신화적이고 우주론적인 차원에서만이 아니라 이보다 훨씬 더 제한적인 차원에서도 작동한다. 간단한 예로 살인 사건이 일상을 중단시키고 명탐정의 사건 해결로 일상이 회복되는 추리소설의 도식을 생각해보라. 질서는 이야기의 처음과 끝이고 혼돈은 이야기의 본격적인 전개 과정에 해당한다. 혼돈 속에서만 흥미로운 일들이 벌어진다. 그래서 혼돈의 극복은 이야기의 종결을 의미한다.

혼돈에 대한 인간의 감정은 그 깊은 층에 이르기까지 철저히 양가적이다. 물론 질서를 파괴하는 악한은 공포와 혐오의 대상이다. 그러나 이야기의 청중은 그런 악한의 등장을 간절히 기다린다. 모든 것이, 모두가 질서정연하기만 해서는 견딜 수 없다. 매일 황금알을 한 개씩 낳아주는 거위의 훌륭한 규칙도 때로는 참을 수 없이 지루하게 느끼는 것이 인간이다. 그래서 인간은 위험을 안고 알 수 없는 미지의 세계로 나아간다. 거위의 배를 갈라서 그 많은 황금을 한꺼번에 얻을 수 있으리라는 불확실한 기대와 하루 한 알씩의 황금이라는 안정적 규칙을 맞바꾼다.

인간은 이처럼 혼돈에 끌리지만 혼돈에 빠진 채 지속적으로 살 수는 없다. 혼돈은 예외적인 상태로 남아 있어야 한다. 앞에서도 말한 것처럼 표준적인 이야기의 도식은 질서에서 시작하여 질서로 끝난다. 혼돈은 질서라는 틀에 갇혀 있다. 이 도식에는 혼돈이 궁극적으로 우리가 통제할 수 있는 것이라는 의식, 모험의 시간은 예외 상태이며 머지않아 안정된 질서가 돌아올 것이라는 의식이 저변에 깔려 있다.

그런 의미에서 이야기의 혼돈은 관리된 혼돈, 안전한 혼돈이다. 따라서 혼돈이 주는 공포는 경감된다. 혼돈은 즐길 만한 뭔가가 된다. 우리는 땅 위에 안전하게 돌아올 것을 알기에 우리를 공중에 띄워 불규칙하게 이리저리 흔들고 돌리는 놀이기구에 기꺼이 몸을 맡긴다. 안전한 틀 속에 관리되는 혼돈의 시간 속에서 허공에 내던져지는 가공할 공포는 짜릿한 쾌감으로 변환된다.

표준적인 이야기 도식의 중요한 한 가지 전제는 질서와 혼돈이 뚜렷이 구획될 수 있어야 한다는 것이다. 그래서 이야기는 두 번의 명확한 전환을 거친다. 질서가 깨져 혼돈에 빠지는 것이 첫 번째 전환이고 혼돈이 극복되어 새로운 질서가 수립되는 것이 두 번째 전환이다.

그런데 카프카의 소설에서는 바로 이 전제가 무너진다. 카프카적 세계에서는 혼돈이 찾아와도 이로써 질서가 깨지는 것이 아니라 혼돈이 질서 속에 스며들고, 혼돈과 질서가 기묘한 공존 상태를 유지한다.《소송Der Prozess》에서 은행의 대리로 일하는 주인공 요제프 K는 30세가 되는 생일날 아침 자신의 침실에 들이닥친 낯선 자들에게 체포되지만 직장생활을 포함하여 그의 일상적 삶은 체포 이후에도 계속된다.《변신》에서는 젊은 영업사원 그레고르 잠자가 갑자기 벌레로 변해 버리는 충격적인 사건이 일어나지만, 그런 충격적 사건이 기대하게 하는 모험적 내러티브의 전개는 찾아볼 수 없다. 하나뿐인 아들의 변신조차 가족의 일상을 변화시킬 뿐 완전히 파괴하지는 못하기 때문이다.

《변신》의 내러티브가 보여 주는 대단히 독특한 구조는 이러한 혼돈과 질서의 불완전한 구획이라는 면에서 파악해 볼 수 있다. 그레고르 잠자가 벌레로 변신한 놀라운 상황에 직면하여 가족은 아들을 방에 가두고 사육의 대상으로 길들이는 한편, 변신으로 인해 그레고르가 집안 경제를 떠받치는 가장의 역할을 할 수 없게 되었으므로 저마다 새로운 일자리나 일거리를 구하는 것으로 위기에 대응한다. 빠르게 일상적 질서가 회복된다. 그러나 그것은 혼돈의 극복을 통한 질서의 회복이 아니라 혼돈의 핵인 그레고르-벌레를 어정쩡하게 막아 둠으로써 유지되는 불안정한 질서에 지나지 않는다. 그 불안정한 질서는 그레고르가 간헐적으로 경계선을 넘어 뛰쳐나올 때마다 위협받지만 가족들은 그를 다시 방 안으로 돌려보내는 것 외에는 더 할 수 있는 일이 없다. 그레고르가 아버지가 던진 사과에 부상을 입은 뒤부터 가족은 그레고르의 방문을 완전히 닫지 않음으로써 감금 상태를 다소 완화하는데, 이는 혼돈과 질서의 어정쩡한 공존이라는 소설의 전체적 구도를 압축적으로 보여 준다.

부상당한 채 음식마저 거부하던 그레고르가 끝내 굶어 죽고 나서야 남은 가족들 사이에는 완전한 일상적 질서가 회복될 것 같은 기운이 감돈다. 그러나 그 누구도 인간의 변신이라는 형태로 밑도 끝도 없이 나타났다가 사라진 혼돈의 근원에 대한 질문을 던지지 않고 이에 대해 답을 가지고 있지도 않기 때문에, 그레고르의 죽음이 혼돈의 극복과 질서의 회복으로 이어질 수 있는지는 의문으로 남는다. 혼돈은 언제든 귀환할 수 있을 것처럼 보인다.

그레고르의 죽음을 알게 된 뒤에 나들이를 나선 잠자 씨 부부와 딸 그레테가 미래에 거는 희망적 기대는 불길한 현실을 애써 외면하는 자기기만을 통해서만 지탱될 수 있다. 다름 아닌 바로 자기 집 방 한 칸에 정체불명의 괴물을 가두어 두고 사는 삶, 그것이야말로 우리가 믿고 안심하고 살아가는 일상이다. 아마도 그것이 카프카가 《변신》을 통해 전하고자 한 말이 아닐까.

그런 점에서 "일상적 사고事故"(303)라는 말로 시작하는 카프카의 짧은 텍스트(친구 막스 브로트가 '일상적 혼란'이라는 제목을 붙인 극히 짧은 단편소설)는 특히 의미심장하다. 일상이란 무엇인가. 늘 똑같이 반복되는 삶이다. 일상은 완전하게 예측 가능한 질서에 따라 돌아간다. 반면 사고事故는 예측할 수 없게 갑자기 일어나는 불의의 사태다. 사고는 일상의 이탈이지, 일상적인 것이 아니다. 카프카는 모순어법을 구사한다. 카프카는 여기서 더 나아가 일상적 사고를 감내하는 것이 곧 "일상적 영웅성"이라고 말한다. 영웅은 질서가 무너지고 찾아온 혼란에서 세계를 구원하는 자이며 그 존재 자체가 비일상적이고 기적적이다. 일상적 사고나 일상적 영웅성과 같은 모순어법은 질서와 혼돈의 관계에 대한 카프카의 독특한 관점을 암시한다.

카프카는 이어서 일상적 사고 혹은 일상적 영웅성에 관한 예화를 제공한다. A는 H라는 곳에 사는 B와 중요한 사업상의 계약을 체결하고자 한다. 그 준비 회의를 위해 A는 H에 출장을 다녀오는데 가는 길, 오는 길 모두 10분씩밖에 걸리지 않는다. A는 집에 돌아와서 특별히 빨리 다녀왔다고 자랑한다. 바로 다음 날 계약 체결을 하러 다시 H로 가는데, A는 모든 사정이 동일하다고 생각하지만 이번에는 10시간이나 걸린다. H에 저녁에 와 보니 B는 종일 기다리다가 화가 나서 A가 사는 마을로 반시간 전에 떠났다는 것을 알게 된다. A는 계약이 무산될까 봐 걱정하며 집으로 돌아온다. 이번엔 단숨에 돌아오지만, A는 이에 대해 특별히 이상하게 생각하지도 않는다.

집에 돌아와서 A는 다음과 같은 얘기를 듣는다. B는 아침에 마을에 와서 길을 떠나는 A와 마주쳤는데 계약 건에 대해 말했음에도 불구하고 A는 중요한 볼일이 있다며 그냥 가 버렸다. 그럼에도 B는 위층에 머물며 A가 돌아오기를 기다렸고 지금도 기다리고 있다. A는 이제 B와 이야기하여 모든 걸 해명할 수 있다는 데 기쁨을 느끼며 계단을 오르다가 거의 다 왔을 때 넘어져 인대를 다친다. 그렇게 쓰러져 신음하는 와중에 화가 난 B가 계단을 쿵쾅거리며 내려가 끝내 사라지는 소리를 듣는다.

여기에서는 우리가 삶을 위해 의지하는 최소한의 방향계라 할 수 있는 시공간적 질서마저 완전히 파괴되어 있다. 그런데도 A는 예측 가능한 질서가 건재하며 그 속에서 일상적 삶을 영위할 수 있다고 믿는 듯이 보인다. 10분의 거리가 10시간의 거리로 돌변하는 것처럼 자신의 상식적 판단이 이해할 수 없는 방식으로 부정되는데도 A는 그런 일이 마치 일상적 질서에 대한 예외에 지나지 않는다는 듯이 계속해서 다음 상황을 예상하고 이에 따라 일정한 기대를 품으며 행동에 나선다. 그러나 마지막 순간까지 그의 모든 예상과 기대는 배반당한다. 그는 바닥이 계속 아무렇게나 움직이는 곳을 걸으려다가 허우적거리는 사람 같다.

이 이야기의 거대한 아이러니는 모든 혼란스러운 사태가 A와 B가 사업상의 계약을 체결하려는 것에서 시작된다는 데 있다. 계약은 새로운 질서를 구축하는 행위이며 서로에 대한 신뢰와 안정적 미래에 대한 기대를 전제한다. A는 연속되는 부조리한 사고와 혼란 끝에 세계도, 타인도, 심지어는 자기 자신조차 전혀 믿을 수 없다는 것을 절실하게 느꼈어야 마땅하지만, 마지막 순간까지 B를 만나서 해명하여 혼란을 해소하고 계약을 체결할 수 있다는 희망을 버리지 않는다. 인대를 다치는 마지막 낙상 사고는 모든 질서에 대한 믿음이 주관적 망상에 지나지 않음을 말해준다. 혼돈이 세계의 궁극적 상태이고 그 속에서 우리가 어떤 질서를 수립하여 안착할 수 있으리라고 기대하는 한 우리는 계속 배반당하고 미끄러지며 난파할 수밖에 없을 것이다.

카프카는 현실에 대한 독특한 감각을 가진 사람이었다. 〈어느 투쟁의 기록〉에서 기도하는 자는 뚱보에게 자신의 유년 시절 경험을 이야기한다.

"어렸을 때 오후에 잠깐 잠이 들었다가 눈을 떴는데, 아직도 잠에 완전히 취한 상태에서 어머니가 발코니에서 아래를 향해 자연스러운 어조로 묻는 소리를 들었어요. '거기서 뭘 하세요? 정말 더운 날씨예요.' 그러자 어떤 부인이 정원에서 대답했어요. '풀밭에서 간식을 먹고 있어요.' 그분들은 그런 말을 아무 생각 없이, 분명하지도 않게 했어요. 마치 누구나 예상한 것 아니냐는 투였죠."(218)

그것은 카프카의 자전적 경험이며, 현실과 일상적 삶에 대한 인간의 확고한 믿음에 대해 놀라워하는 동시에 의혹을 품은 최초의 기억에 속한다. 그것은 단순히 어린 시절의 특수한 감각으로 끝나지 않는다. 현실에 대한 자명한 믿음에 따라 아무렇지도 않게 행동하는 사람들에 대한 놀라움은 〈이웃 마을 Das nächste Dorf〉에서 노인의 목소리를 통해서도 표현된다.

"인생은 놀라울 정도로 짧아. 이제 인생은 내 기억 속에 너무나 빽빽하게 뭉쳐져서, 예컨대 어떻게 한 젊은이가 말을 타고 이웃 마을로 가려고 결심하면서 — 불운한 사고는 아예 제쳐 두더라도 — 평범하고 순탄하게 흘러가는 인생의 시간조차 그런 길을 떠나기에 한참 부족하다는 걱정을 하지 않을 수 있는지 거의 이해할 수가 없구나."(138)

근심 없이 현실을 대하는 일상적 의식을 이해하지 못하는 이러한 태도를 카프카는 〈어느 투쟁의 기록〉에서 "견고한 육지 위에서의 뱃멀미 Seekrankheit auf festem Lande"라고 표현한다. 사람들은 물론 견고한 육지 위에서 멀미를 하지 않는다. 그것은 육지가 흔들리지 않기 때문이 아니라, 육지의 흔들림을 느끼지 못하기 때문이다.

어떤 견고한 불변의 질서도 신뢰하지 못하고 거기에 의지하지 못하는 카프카적 생의 감각은 개인적 특이성을 넘어서 세기 전환기에 만연한 문명의 위기에 대한 첨예한 의식과 연관성이 있을 것이다. 그러나 우리는 여기서 개인적 특성이나 시대적 특수성을 넘어서 더 깊은 차원의 보편성을 읽어 낼 수도 있다. 카프카적 감각이 평범한 사람들의 일상적 삶에 대한 믿음과 전혀 무관한 것이 아니기 때문이다.

인간은 태어나면서부터 낯선 세계에 내던져진다. 그런 낯선 세계에 적응하여 점차 세계와 친숙해지고 그 속에서 몸을 가눌 줄 알게 되면서 인간은 안정적 질서에 대한 감각과 신뢰를 획득하고 최초의 불안과 공포를 극복해 간다. 그러나 원초적 불안과 공포는 완전히 지워진 것이 아니고 우리의 내면 깊은 곳에 잠복하고 있다. 일상적 삶의 감각에 대한 반대상으로서 그림자처럼 존재하는 그러한 감정은 예를 들면 우리의 꿈속에서 늘 출몰한다. 삶 속에서는 전혀 걱정하지 않던 일들이 꿈속에서는 다반사로 일어난다. 카프카의 상상적 세계가 악몽을 닮은 것은 이 때문이다. 카프카는 일상적 생의 습관에 무뎌지지 않은 원초적 불안의 감각으로 세계를 보았고 그렇게 본 세계의 모습을 그려 보였다.

표준적인 이야기 도식은 혼돈을 예외 상황으로 만들고 일정한 질서의 틀 안에 묶어 둠으로써 우리에게 혼돈을 지배하고 통제하며 질서를 회복할 수 있다는 자신감을 심어 주는 상징적인 매체라고 할 수 있다. 반면 카프카의 문학은 그러한 질

서와 혼돈의 관계를 전도시켜 혼돈을 질서의 틀 밖으로 넘쳐
나게 하고 질서에 대한 항구적 위협으로 묘사한다. 질서는 혼
돈의 바다에 위태롭게 떠 있는 섬에 지나지 않는다. 견고한 육
지에서 느끼는 뱃멀미는 육지를 감싸고 있는 깊은 혼돈의 바
다에서 오는 것이다. 이처럼 카프카는 이야기 도식의 안과 밖
을 뒤집음으로써 우리 자신과 세계의 깊은 곳에서 일어나는
무질서하고 불규칙한 흐름에 대한 감각을 되살린다. 카프카의
짧은 산문 〈나무들〉은 바로 카프카의 문학이 시도하는 전도를
압축적으로 보여 준다.

왜냐하면 우리는 눈 속의 나무줄기 같기 때문이다. 나무들은 미
끄러운 바닥 위에 놓여 있는 것처럼 보이고, 살짝 떠밀면 옆으로
치워 버릴 수 있을 듯하다. 아니다, 그럴 수 없다. 나무들은 땅과
단단하게 결합되어 있기 때문이다. 하지만 보라, 그것조차 겉보
기에만 그럴 뿐이다.(〈나무들〉 전문, 19)

참고문헌

Kafka, Franz, *Franz Kafka: Sämtliche Erzählungen*, Paul Raabe(ed.),
　　　Frankfurt am Main: Fischer, 1987.

카프카의 밀실
평론

오직 나만을 위한
불가능

신형철

이 글이 완성되기를 기다리며 편집부가 붙여 둔 가제는 '내가 사랑한 카프카'였다. 나는 카프카를 사랑하는가? 모든 위대한 작가가 다 사랑할 만진 않다. 철학자 제럴드 레빈슨Jerrold Levinson이 이 주제로 쓴 글을 읽지 않았다면 이렇게 단호하게 말할 순 없었을 것이다. 왜 우리는 위대한 작품 중에서도 특정한 작품과만 사랑에 빠지는가? 그의 질문은 흥미롭지만, 대답이 질문만큼 흥미롭지는 않았다. 생생한 캐릭터 덕분에 그 작품 속 세계에 계속 머물고 싶게 만드는 작품을 사랑한다는 것은 예상을 벗어나는 답은 아니니까.

　더 재밌는 것은 차라리 그의 분류 결과다. 그에 따르면《우리 모두의 친구》,《죄와 벌》,《파우스트 박사》를 사랑하긴 어렵지만,《데이비드 코퍼필드》,《카라마조프가의 형제들》,《마의 산》과 사랑에 빠지는 건 가능하다.[1] 그의 리스트에 카프카도 있다.《소송》은 사랑할 수 없지만,《성》은 그럴 수 있다는 것이 그의 주장이다. 그런가? 내겐 카프카 작품들의 내적 차이보다는 그와 다른 작가와의 차이가 더 중요해 보인다. 나는

1　Jerrold Levinson, *Aesthetic Pursuits: Essays in Philosophy of Art*, Oxford University Press, 2016, p.79.

카프카를 사랑하지 않는다. 그는 사랑할 수 없는 작가다.

카프카 문학 전반에 대한 '개념-이미지'를 제공한 사람 중 하나로 (역시 위대하긴 하지만 사랑하긴 어려운) 아도르노Theodor Adorno가 있다. 그에 따르면 카프카의 작품에서 특정한 철학을 추출하는 것은 불가능하다. "모든 것을 문자 그대로 받아들이고, 위로부터 나오는 개념들로 덮어버리지 않는다는 규칙"[2]을 적용해야 한다. 이를 "축어성의 원칙das Prinzip der Wörtlichkeit" (296)이라고 그는 부른다. 카프카는 무엇을 말하는가. 언제나 그 말 그대로를 말할 뿐이다. "밀폐적 원칙das hermetische Prinzip" (305)이라는 표현도 그래서 딸려 나올 수밖에 없었을 것이다.

아도르노는 이 말로 "모방 불가능성"(306)을 강조했지만, 내겐 해석 불가능성을 가리키는 말로도 적절해 보인다. 카프카가 창조한 것은 비의적인hermetic 세계다. 자신만의 독자적 논리로 움직이는, 그래서 현실과 일상의 논리로 열고 들어갈 수가 없는, 안에서 잠긴 세계. '거 있잖아 왜, 카프카의 소설에 나올 것 같은 그런 세계, 그런 사람.' 이 '축어성'과 '밀폐성'에도 불구하고 카프카를 '해석'할 수 있을까? 나는 또다시 오류를 범하기로 한다. 역시 이 작품만 한 범례도 없을 것이다.

2   테오도르 아도르노, 〈카프카 소묘〉, 《프리즘》, 홍승용 옮김, 문학동네, 2004, 295쪽. 이하의 인용은 본문에 쪽수만 적는다.

[A] 법 앞에 문지기가 한 명 서 있다. 이 문지기에게 어떤 시골 남자가 찾아와서 법 안으로 입장하게 해 달라고 청한다. 그러나 문지기는 지금은 입장을 허락할 수 없다고 말한다. 남자는 생각해보다가 그럼 나중에는 들어갈 수 있겠느냐고 묻는다. "그건 가능하지" 하고 문지기는 대답한다. "하지만 지금은 안 돼." 그런데 법으로 가는 문은 언제나처럼 열려 있고 문지기도 옆으로 비켜서기에, 남자는 문을 통해 안을 들여다보기 위해 몸을 굽힌다.

문지기는 이를 알아차리고 웃으며 다음과 같이 말한다. "네가거기에 그렇게 끌린다면 나의 금지령을 무릅쓰고 한번 들어가 봐. 하지만 내게 힘이 있다는 사실을 잊지 말게. 게다가 나는 최하급문지기에 지나지 않지. 홀과 홀을 지날 때마다 문지기가 지키고 있는데, 그들의 힘은 갈수록 강해지지. 세 번째 문지기만 되어도 벌써 나조차 그 모습을 쳐다볼 수 없을 지경이거든."

남자는 그런 어려움이 있으리라고는 예상하지 못했다. 법은 언제나, 누구에게나 개방되어 있어야 한다고 그는 생각한다. 하지만 모피 외투를 입고 있는 문지기를, 그의 뾰족코와 길고 가늘고 검은타타르식 수염을 더 자세히 바라보며, 그래도 입장 허가가 내려지기를 기다리기로 결심한다. 문지기는 그에게 걸상 하나를 주고 문옆쪽으로 앉게 한다.

[B] 남자는 걸상에 앉아 오랜 세월을 보낸다. 그는 입장을 허락받기 위해 무수한 시도를 하며, 청원을 통해 문지기를 지치게 한다. 문지기는 종종 간단한 신문을 한다. 그는 남자의 고향이라든가 기타 등등의 사항을 물어 보지만, 그건 모두 높으신 나리들이 하는무심한 질문들에 지나지 않는다. 그리고 그는 끝에 가서는 언제나

아직 들여보내 줄 수 없다고 말한다. 여행을 위해 많은 것을 준비해 온 남자는 아무리 귀중한 것이라도 문지기의 마음을 움직이기 위해서라면 무엇이든 뇌물로 바친다. 문지기는 전부 받아 챙기면서도 이렇게 말한다. "이렇게 받아 두는 건, 네가 혹시나 뭔가 할 수 있는 일을 하지 않았다고 생각하지 않도록 하기 위해서일 뿐이야."

여러 해 동안 남자는 문지기를 거의 쉬지 않고 관찰한다. 그는 다른 문지기는 잊어버린 채, 이 문지기가 법 안으로 들어가는 것을 막는 유일한 장애물이라고 생각한다. 그는 이런 불운을 저주하는데, 처음 몇 년 동안은 눈치 없이 크게 소리치지만, 나중에 늙어서는 그저 혼자 중얼거릴 뿐이다. 그는 어린애처럼 된다. 그는 오랜 세월 동안 문지기를 연구한 끝에 그의 모피 외투 깃에 사는 벼룩들도 알아보았기 때문에 이 벼룩들에게까지 자신을 도와 문지기의 마음을 바꾸어 달라고 간청한다. 결국 그는 시력이 약해져 주변이 정말 어두워진 것인지 아니면 자신의 눈이 착각을 일으킨 것인지도 구별할 수 없게 된다. 그러나 그는 이제 어두운 가운데 법의 문에서 꺼지지 않을 듯이 빛나는 광휘를 알아본다.

[C] 이제 살날도 얼마 남지 않았다. 죽음을 앞두고 그의 머릿속에서는 그동안의 모든 경험들이 한데 모여 지금까지 문지기에게 한 번도 하지 않았던 하나의 질문이 나온다. 그는 굳어 가는 몸을 더이상 일으킬 수 없으므로 문지기에게 손짓을 한다. 문지기는 남자를 향해 몸을 깊이 숙여야 한다. 키 차이가 그동안 남자에게 불리한 쪽으로 훨씬 더 벌어졌기 때문이다.

"뭘 또 알고 싶은가?" 문지기는 묻는다. "넌 욕심이 끝도 없구나." "모든 사람이 법을 추구하는데," 남자는 말한다. "어째서 그

오랜 세월 동안 나 말고 입장을 요구한 사람이 아무도 없었는가?"
문지기는 남자가 이미 생의 마지막에 와 있음을 알아차리고 자신
의 말이 남자의 사라져 가는 청각에 가 닿도록 소리를 지른다. "여
기서는 너 외에 아무도 입장을 허락받을 수 없었어. 왜냐하면 이
입구는 오직 너만 들어가도록 정해진 입구였거든. 난 이제 가서
문을 닫아야지." [3]

이 작품도 안으로 잠겨 있는 것처럼 보이지만 열쇠 구멍이
최소한 하나는 있다. 시골 남자의 법에 대한 통념(강조된 부분)
을 보건대 이 세계(/법)가 우리가 알고 있는 세계(/법)와 완전
히 다른 것 같진 않아서다.

짧은 글이지만 구조 분석을 할 게 없진 않다. 서사학의 용어
를 사용하자면, 실제 시간과 서사 시간 사이의 양적 관계를 비
교할 때 그 둘이 거의 일치하는 게 '장면scene'이고 전자보다 후
자가 짧은 것이 '요약summary'인데,[4] 위 글은 두 개의 '장면' 사이
에 하나의 '요약'이 끼어 있는 구조로 돼 있다. 장면 1(A) - 요약
(B) - 장면 2(C). 장면이 두 개 필요한 이유는 문지기의 입을 통
해 발설되는 법에 관한 새로운 명제가 두 개이기 때문이다.

이에 대해선 작가의 다음과 같은 셀프 분석이 정확하다.
"이 이야기에서 문지기는 법 안으로 들여보내는 문제와 관련

3   프란츠 카프카, 《변신·선고 외》, 김태환 옮김, 을유문화사, 2015. 강조는 인
    용자의 것.
4   Gérard Genette, *Narrative Discourse: An Essay in Method*, Cornell University
    Press, 1979, 2장.

해 두 가지 중요한 설명을 하는데, 하나는 시작 부분에 또 하나는 끝부분에 있습니다. 첫 부분은 '지금은 그를 들여보낼 수 없다'는 것이고, 다른 부분은 '이 입구는 다만 자네만을 위한 것'이라는 말입니다."[5]

나는 이 분석을 받아들인다(이 대목 이후의 논증까지 따르진 않을 것이다). 이 두 명제는 법에 대한 시골 남자의(그리고 우리의) 통념 — 법은 '언제나', '누구에게나' 개방돼야 한다 — 을 차례로 반박한다. 이 작품이 쓰일 필요가 있었던 것은 이 두 명제가 독자에게 제공될 필요가 있었기 때문이다. 장면 1(A)은 법은 '언제나' 개방돼야 한다는 시골 남자의 생각을 반박한다. 문지기에 따르면 법은 '언젠가는 들어갈 수 있지만 지금은 들어갈 수 없는' 것이다. 그래서 시골 남자는 그 '언젠가'가 오길 기다리기로 한다. 적어도 이 단계에서 그의 선택은 합리적이다. 문지기의 설득력 있는 경고를 무시하고 돈키호테처럼 돌진한다면 그것이야말로 비합리적 선택이 될 것이다.

그러나 결과적으로 그의 선택은 잘못된 것임이 밝혀진다. 이를 위해 '요약'(B)이 필요했다. 그 '언젠가'는 남자가 생물학적 삶을 (거의) 마감할 때까지 오지 않음을 보여 주어야 하기 때문이다. 지금은 들어갈 수 없다는 문지기의 말은, (그 뉘앙스와는 달리) 언젠간 들어갈 수 있다는 뜻이 아니라, 지금이 꽤 오래(어쩌면 영원히) 지속될 것이라는 뜻이었다. 이것은 죽음

---

5   프란츠 카프카, 《소송》, 권혁준 옮김, 문학동네, 2010, 270쪽.

이후엔 그 '언젠가'가 올 것이라는 가능성의 버전이라기보다는 살아 있는 동안엔 그 '언젠가'가 오지 않을 거라는 불가능성의 버전에 가깝다.

그리고 장면 2(C)를 통해 두 번째 명제가 제시된다. 이번엔 법엔 '누구나' 들어갈 수 있어야 한다는 시골 남자의 생각이 반박될 차례. 시골 남자는 긴 시간 동안 문제의 문 앞에 자신을 제외하고는 누구도 나타나지 않은 것을 이상하게 여긴다. '요약'(B) 대목이 있어야 하는 또 하나의 이유는 시골 사람의 그 질문이 생성되려면 "그동안의 모든 경험들"이 필요하기 때문이다. 이제야 알게 된 사실은 법의 문이 "너만 들어가도록 정해진 입구"라는 것이다. 법의 입구가 단 한 사람에게만 허락돼 있다는 설정은 논리적이지 않다. 차라리 이 문장은 법을 경험하는 일이 철저하게 개인적 사건임을 암시한다고 해야 할 것이다. 세상에 하나뿐인 법의 문이 시골 남자에게만 허락된다는 무리한 특권을 암시하는 설정이 아니라(물론 그 특권의 실현조차도 한없이 유예 중이지만), 법 앞에서의 경험은 (그것이 실패든 성공이든) 타인과 공유할 수 없는 것이라는 뉘앙스에 가깝다. 그런 의미에서 그것은 나만을 위한 것이다. 그런데 장면 1(A)은 불가능을 말하지 않았던가? 그렇다면 이렇게 말할 수 있다. 어떤 불가능이 나만을 위해 허락돼 있다, 라고 말이다.

이제 이런 종합이 가능하다. 법에 진입한다는 것은 무엇인가. 그것은 '오직 나만을 위한 불가능'이다. 각자에겐 자신에게만 허락된 어떤 불가능성의 경험이 있다는 것. 그런 게 있는

가? 나는 이 물음 앞에서 '고통' 외의 다른 답을 떠올리기가 어렵다. 고통은 오로지 나만을 위한 것이다. 나만 아프다는 뜻이 아니다. 모두에겐 각자의 고통이 있다는 뜻이고 그것은 대리될 수 없는 종류의 것이라는 뜻이다. 고통에 대한 경험이 고통스러운 때는 그 고통의 이유를 알 수 없을 때다. 우리는 신에게 묻는다. '이런 법이 어디 있습니까?' 그때 우리는 "법 앞에" 선다. 세상에서 가장 강력한 권위를 가지는, 그러나 누구도 그 본질을 파악하기 어려운 법은 '섭리'라고 불리는 바로 그것이다. 섭리의 문으로 들어갈 수 있을까? 신은 가장 지엄한 재판관이고["하나님 그는 심판장이심이로다"(시편 50: 6)], 그 법리는 인간이 따질 수 있는 것이 아니다. 죽어서 신을 만나기 전까진 알 수 없다. 인간이 할 수 있는 일은 죽을 때까지 기다리는 것, 혹은 기다려서 죽는 것뿐이다.

맞다. 우리는 지금 카프카의 초기 독자들이 함께 발견한, 카프카 소설의 어떤 본질로 다시 돌아간 것이다. 나는 카프카의 마스터 플롯master plot이 욥기의 그것과 유사하다고 보는 사람들의 그룹에 기꺼이 속하려 한다. 막스 브로트, 게르숌 숄렘, 마르틴 부버 등이 카프카를 그렇게 읽었다. 나중에 노스럽 프라이가 지나가는 말로 카프카의《소송》을 〈욥기〉의 '미드라시Midrash'(주석 문학) 같다고 한 것도 유명한 사례다.[6]

6 Northrop Frye, *The Great Code. The Bible and Literature*, Routledge & Kegan Paul, 1982, p.195.

나는 이 표현을 확대 해석해서, 카프카 문학의 부피가 〈욥기〉의 그것과 일치하지 않는다는 뜻이라고 읽는다. 첫째, 〈욥기〉의 도입부와는 달리 〈법 앞에서〉에는 고통의 경험이 재현돼 있지 않다. 그것은 재현이 필요하지 않은, 일종의 전제다. 카프카가 재현하길 원한 것은 '고통의 경험'이 아니라 '고통의 경험에 대한 고통'이다. 둘째, 납득할 수 없는 순종을 답으로 제시하는 〈욥기〉의 결말부와는 다르게, 카프카는 답을 삭제함으로써 '답이 없는 문제'를 만들어 낸다. 질문을 끝까지 묻고 있다고 말해도 좋다. 이와 같은 차이에 유념하면서 나는 카프카를 (〈욥기〉와의 유사성을 지적하는 데서 더 나아가) 신정론theodicy 일반에 대한 비판적 응답이라고 평가한다.

신정론은 고통의 문제에 대한 대응이고, 고통의 문제는 소위 '악의 문제problem of evil' 속에서 다루어진다. 라이프니츠의 《신정론》[7]에 따르면 세 종류의 악이 있다. 피조물의 근원적 불완전성이 있고(형이상학적 악), 그 때문에 저질러지는 범죄가 있으며(도덕적 악), 그로 인해 발생하는 고통이 있다(물리적 악). 고통은 결국 악의 문제다. 그렇다면 고통에 대해 묻는 일은 왜 악이 있는지를 묻는 일이 된다. '악의 문제'란 전지·전능·전선하다고 간주되는 신이 왜 세상의 악을 창조 혹은 방조하는가에 대한 물음이다.

---

7   국역본은 《변신론》이라는 제목으로 출간됐다. 고트프리트 빌헬름 라이프니츠, 《변신론》, 이근세 옮김, 아카넷, 2017, 164~166쪽.

이 악에 대한 물음은, 물음을 다음과 같이 구체화하는 과정 속에서, 스스로 하나의 문제로 드러난다. '신은 악이 있다는 것을 모르는가? 그렇다면 전지하지 않은 것이다. 신은 악의 존재를 알면서도 어찌할 수 없는 것인가? 그렇다면 신은 전능하지 않은 것이다. 신은 악을 알고 또 어찌할 수 있는데 그냥 방치하는 것인가? 그렇다면 신은 전선하지 않은 것이다. 어느 쪽이건 결함이 있는 신이란 그 자체로 개념적 모순이다. 그러나 악은 분명히 있다. 그렇다면 신은 없거나, 있어도 가치 없는 존재다.'

신학자 손호현은 신정론을 "신과 악의 공존 가능성에 대한 이론적 성찰"[8]로 조심스럽게 정의하면서 여러 입장을 균형 있게 검토한다. '자유의지 신정론free will theodicy'은 고통을 심판으로 이해하는, 가장 유서 깊은 관점 중 하나다. 그러나 우리는 무죄한 자의 고통 앞에서 심판을 운위하는 일을 용납할 수 없다. 그 불일치를 해소하기 위해, 인간의 고통은 인류 단위에서 행해진 죄악에 대해 무차별적으로 배분되는 심판이라고 주장한다면, 이는 더욱 받아들이기 어려워진다. 이때 '교육적 신정론 educative theodicy'이 등장한다. 인간의 고통은 당사자의 도덕적 성장을 위해 필요한 것이라는 주장이다. 그러나 '심판'을 '교육'으로 바꾼다고 문제가 해소되진 않는다. 고통을 경험하는 중인 당사자가 그 고통의 잠재적 긍정성을 헤아린다는 것은 불가능하

---

8   손호현, 《악의 이유들: 기독교 신정론》, 동연, 2023, 33쪽. 이하의 인용은 본문에 쪽수만 적는다.

거나 도착倒錯적이다. 내 고통이 그 누구도 아닌 바로 나를 위한 것임을 대체 언제 확인할 수 있는가. '내세의 신정론afterlife theodicy' 이 의구심을 달랜다. "현세의 지연된 정의가 내세에서는 올바로 실현될 것이라는 종말론적 희망"(293)을 제시하면서 말이다.

각 신정론의 정교한 논변을 이렇게 거칠게 요약할 수밖에 없는 상황이 불만족스럽지만 그럼에도 반문할 수밖에 없다. 우리는 이런 '답'들에 만족할 수 있는가? 이 이론들의 핵심적 결함은 고통의 당사자를 설득할 수 없다는 것이고, 설득력 있는 답은 계속 지연된다는 것이다. 세월호 참사나 가자지구 폭격으로 아이를 잃은 부모에게는 자신에게 주어진 고통이 응분의 심판일 수도, 성장을 위한 교육일 수도, 미래에 보상될 손해일 수도 없을 것이다. 그렇다면 '법(섭리)의 문' 앞에서 기다릴 수밖에 없다.

이런 입장에서 보면 다음 구절에서 살아남을 수 있는 단어는 '감당하다' 하나뿐이다. "사람이 감당할 시험 밖에는 너희가 당한 것이 없나니 하나님은 미쁘사 너희가 감당하지 못할 시험 당함을 허락하지 아니 하시고 시험 당할 즈음에 또한 피할 길을 내사 너희로 능히 감당하게 하시느니라."(〈고린도전서〉, 10: 13) '극복하고 벗어난다'는 뜻이 아니라 '당하고 견뎌낸다'는 뜻으로 말이다. 그런 의미에서의 호모 파티엔스Homo Patiens(감당하는 인간)를 나는 카프카의 소설에서 자주 발견한다. 특히 여자 곡마사(〈관람석에서〉)와 남자 곡예사(〈최초의 고뇌〉), 그들을 그릴 때 카프카는 드물게도 울고 만다.[9] 나는 이 소설들을 특히 아끼고, 이런 소설엔 사랑한다는 말을 해도

되는 것이 아닐까 잠깐 혼란스러워한다.

그의 세계에 희망이 있는가. 아도르노는 카프카가 항소심을 열고 있다고, 그런 의미에서 "여전히 합리주의자"(327, 번역 수정)라고 평가한다. 《소송》 같은 작품을 "심판에 대한 심판"(327)이라고 부를 수 있는 이유는 그것이 "법 자체의 유죄"(327)를 입증하기 위한 노력이기 때문이다. 그 노력은 어떻게 이루어지는가.

"카프카의 눈으로 볼 때 이 세계가 완전한 승리를 구가하는 것을 막아 낼 유일한 기회는, 그게 아무리 미약하고 희미하다 하더라도, 있다. 처음부터 세계에 승리를 내주는 것이다. 동화 속의 가장 어린아이처럼 전혀 눈에 띄지 않고 보잘것없으며 무기력한 희생자가 되어야 한다."(329, 번역 수정)

우리가 카프카에게서 확인하는 것은 그런 희생자의 모습이고 오직 그것일 뿐이다. 그러니 어떻게 카프카를 사랑할 수 있는가. 그것은 욥을 사랑한다는 말만큼이나 기괴한 것이다. 그는 문학을 사랑한다고 할 때 그런 것은 도대체 어떤 문학이고 그 사랑이란 무엇이냐고 되묻는 유형의 작가다. 카프카는 위대하고, 카프카는 사랑할 수 없다.

---

9   김태환 역본에서 해당 부분을 옮긴다. "사정이 이렇기 때문에 관람객은 얼굴을 난간에 대고 마치 깊은 꿈속에 잠기듯 마지막 행진곡 속에 잠기면서 운다. 운다는 의식도 없이."(〈관람석에서〉) "하지만 매니저가 여러 번 물어보고 말로 살살 달래자 결국 공중그네 곡예사는 흐느끼면서 이렇게 말했다. '손에 이 봉 하나만 들고—내가 어떻게 살아가란 말인가!'"(〈최초의 고뇌〉)

카프카의 밀실

평론

출구를 찾아서

추송웅의 모노드라마
〈빠알간 피이터의 고백〉

박돈규

배역은 모두에게 열려 있고 누구도 소유권을 주장할 수 없다. 하지만 실상이 꼭 그렇지만은 않다. 어떤 연극은 한 배우로 기억된다. 유인촌의 〈햄릿〉, 손숙의 〈어머니〉, 이순재의 〈리어왕〉, 장민호의 〈파우스트〉 … . 특정 배역에는 조건 반사처럼 떠오르는 배우가 있다. 그 또는 그녀가 대체할 수 없는 경지의 연기력과 아우라를 증명했다는 뜻이다. 다른 배우가 뚫기 어려운 철옹성과 같다.

추송웅(1941~1985)의 〈빠알간 피이터의 고백〉은 그 반열에 오른 모노드라마다. 모노드라마는 1인극을 가리킨다. 한 명의 배우가 극장 안의 시간과 공간을 장악하고 관객을 독점한다는 뜻이다. 애석하게도 추송웅은 왕성하게 활약할 마흔네 살에 그만 세상을 떠나고 말았다. 주호성, 장두이, 이원승 등 몇몇 배우가 이 모노드라마에 도전했지만 그 누구도 '죽은 추송웅'을 뛰어넘을 수는 없었다.

카프카 문학이 한국에 미친 영향을 이야기할 때 문단 밖에서는 연극 〈빠알간 피이터의 고백〉이 첫손가락에 꼽힌다. 카프카의 단편 소설 〈학술원에 드리는 보고〉를 희곡으로 각색한 것이다. 국내 초연이 바로 추송웅의 무대였다. 1977년 8월 20일 서울 명동성당 뒤 삼일로 창고극장. 130석 규모의 지하 소극장

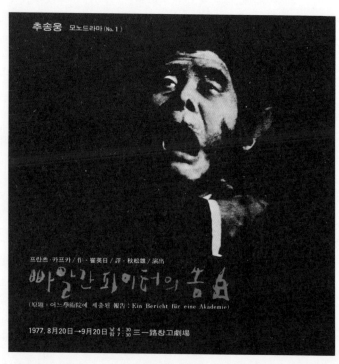

〈빠알간 피이터의 고백〉 한국 초연 포스터(1977)

에 첫날부터 200여 명이 들어왔다는 기록이 있다. 〈빠알간 피이터의 고백〉은 그만큼 주목받는 신작이었다. 현장을 목격하지 못했지만 그 풍경은 미루어 짐작할 수 있다. 객석이 초만원이었으니 바닥은 물론이고 통로에도 관객이 빼곡히 앉았을 것이다.

무대에는 철제 사다리 의자와 그네가 달린 작은 우리가 전부였다. 마침내 불이 꺼졌다. 캄캄한 극장의 고요 속에서 연극의 시작을 기다리며 설렌 적이 있는가? 당시는 스마트폰이 발명되기 한참 전이었지만, 관객은 '비행기 모드'를 켠 사람처럼 극장 밖 일상과 분리되고 있었다. 속세와의 단절이자 새로운 세계로의 이륙. 눈앞에 펼쳐질 이야기에 대한 기대로 객석은 점점 더 적막해졌을 것이다.

뚜벅뚜벅. 어둠 속에서 구둣발 소리가 들려왔다. 주인공이 무대에 등장하고 있었다. 이윽고 조명이 켜졌고 관객은 한 마리 괴상한 동물을 보았다. 원숭이 피터. 추송웅이 맡은 배역이었다. 그는 가방에서 바나나와 원고지 한 뭉치를 꺼냈다. 그리고 연설을 시작했다.

"아카데미(학술원)의 고매하신 신사 여러분! 여러분께서는 저에게 원숭이 시절에 관한 보고서를 제출하라고 명하셨습니다 … ."

무대에서 피터는 우리에 갇히고 사다리를 오르내리고 그네를 탔다. 이 원숭이는 그러면서 객석을 향해 엄청난 말들을 쏟아 냈다. 익살을 떨고 속삭이고 조롱하면서 추송웅은 특유의 몸짓과 호흡, 화술로 관객을 사로잡았다.

"나는 항상 혼자였습니다. 사람들은 나와는 다른 저쪽 담 너머에서 항상 자신들의 모습을 지키고 있었기 때문입니다."

원숭이 피터의 말에는 배우 자신의 고독이 겹쳐 있었다. 이 대목에서 추송웅의 어린 시절을 돌아보자. 그는 사팔뜨기로 태어나 따돌림을 받으며 자랐다. 구구단을 배울 때 그의 급우들은 사팔(4×8)이라 하면 삼십이(32)라 답하지 않고 추송웅을 쳐다보았다. 그는 점점 외톨이가 되었다. 뒷동산에서 올라 자신의 눈을 한탄하면서 반나절 동안 꽃목을 꺾기도 했다. 예쁜 것들은 다 꼴 보기 싫었기 때문이다. 연극평론가 안치운이 쓴《연극배우 추송웅》에 따르면, 추송웅은 얼굴이 드러나는 거울을 무수히 깨 버렸고 집을 박차고 나와 영화관 속으로 숨어 들어가곤 했다.

어두운 극장이 그에게는 가장 편안한 공간이었다. 누구도 자신을 쳐다볼 수 없었기 때문이다. 어둠 속에서 보고 싶은 것을 찾아내는 재미야말로 어린 추송웅을 배우로 만든 최초의 경험이었다. 그는 극장에서 자신이 변할 수 있다는 가능성을 발견했다. 추송웅은 고교 졸업 직전에 사시 교정 수술을 받고 서라벌예술대학 연극영화과에 입학한다. 자신을 놀렸던 친구들을 불러 모은 그는 의기양양하게 외쳤다.

"야 임마, 내 눈 좀 봐라. 인자 퍼뜩퍼뜩 잘 돌아간데이!"

그럼에도 추송웅은 내세울 게 없는 외모였다. 키 165cm에 목이 짧았고 광대뼈는 툭 튀어나와 있었다. 입은 주먹이 드나들 정도로 컸고 목소리는 감기 걸린 사람이 목욕탕에 들어앉아 캑캑거리는 것 같았다. 프로 무대에 데뷔한 추송웅은 악조건을 극복하기 위해 연습에 몰두했다. 배역을 연구하고 색깔과 깊이를 부여하면서 그는 신체적 약점을 감추는 방법을 발전시켰다. 대본에는 자기 배역뿐 아니라 상대역에 대한 분석, 대사 하나하나의 분위기와 감정, 몸의 위치까지 꼼꼼히 적었다.

연극 〈학술원에 드리는 보고〉는 1962년 독일 베를린예술 아카데미에서 세계 초연됐다. 카프카가 쓴 10쪽 분량의 단편을 배우 클라우스 캄머Klaus Kammer가 1인극으로 무대에 올렸다. 모노드라마라는 장르를 개척한 셈이다. 추송웅이 남긴 에세이에 따르면, 그는 클라우스 캄머가 혼자 이끌어 간 이 연극에 대한 기사를 접하고 "충격에 가까운 감동"을 받았다. 언젠가 꼭 공연하겠노라 마음먹었다.

이야기의 주인공은 원숭이 피터였다. 아프리카에 살던 피터는 사냥꾼에게 잡혀 유럽으로 이송되는 도중에 온갖 노력을 해 사람으로 변신하게 된다. 추송웅은 피터가 인간들의 쇼에 출연했던 자신의 과거를 보고하는 줄거리에도 끌렸다. 그는 번역을 의뢰한 뒤 기획, 제작, 연출, 장치, 연기까지 모두 혼자 책임지기로 했다. 가난한 배우는 아내의 곗돈 75만 원을 털어 넣었다. 배우 인생 전부를 건 무대와 같았다. 추송웅은 철창에 갇힌 불행한 짐승을 통해 인간을, 무엇보다 자신의 고독을 그려내고 싶었다.

카프카는 유대인의 소외 과정을 무엇보다 몸의 문제를 통해 가장 적나라하고 그로테스크하게 묘사한 작가다. 당시 카프카는 국내에 《소송》, 《변신》, 《성》 등의 작품으로 꽤 알려져 있었다. 모노드라마를 개척해 보겠다는 포부를 가진 추송웅은 배우가 원숭이를 모방한다는 점이 관객의 흥미를 끌 것이라고 생각했다. 다만 '학술원에 드리는 보고'라는 제목은 주인공 원숭이의 별명을 따서 '빠알간 피이터의 고백'으로 바꿨다. 덜 딱딱하게, 더 유연하게.

수십 차례의 대본 읽기가 끝날 무렵, 추송웅의 머릿속에는 음울한 눈동자를 굴리며 웅크리고 서 있는 한 마리의 원숭이가 그려졌다. 이제 가장 큰 과제는 '인간이 된 원숭이를 어떻게 표현할 것인가'였다. 적절한 러닝 타임을 확보하려면 대사 외에 움직임도 많이 넣어야 했다. 피터는 철창 속에서 출구를 찾기 위해 인간 세계에 적응하며 짐승의 기질을 거의 상실한 상태이기 때문에, 구태여 원숭이 동작을 강조할 필요는 없었다. 그러나 배우이자 연출가, 제작자는 생각이 달랐다. 추송웅은 원숭이 모방에 이 연극의 성패를 건다.

그는 창경궁으로 갔다. 당시에는 창경원이라 하여 동물원과 식물원이 있었다. 봄날의 우리 안 원숭이들은 서로 어르고 나무를 타고 바나나를 까먹으며 한낮의 햇볕을 즐기고 있었다. 그런 원숭이들에게서는 음울하고 멍청한 회색 빛깔 눈을 가진 피터를 떠올릴 수 없었다. 추송웅은 침팬지 우리에서 피터가 될 침팬지 '와콩콩'을 발견했다. 그는 메모지, 연필, 사진기를 들고 와콩콩의 모든 것을 관찰하고 기록했다. 창경원 출근은 여섯 달이나 계속되었다. 추송웅은 단순히 침팬지의 행태를 흉내 내는 데 머물지 않았다. 마치 자기 몸 안에 원숭이 피터를 집어넣는 것과 같은 '동화同化 작업'에 집중했다. 이를 위해 동물원의 허락을 받고 침팬지 우리 안에 들어가 구경꾼들을 거꾸로 관찰하기도 했다.

마침내 〈빠알간 피이터의 고백〉이 개막했다. 무대에 오르기 전 원숭이 분장을 하는 데만 두 시간이 걸렸다고 한다. 관객은 추송웅의 피터에 매료되었다. 놀라운 일이 벌어졌다. 평소에 연극을 좀처럼 관람하지 않는 사람들까지 피터를 보러 오는 바람에 공연 두 시간 전부터 줄을 서기 시작한 것이다. 창고극장 골목에 라면 등을 파는 간이음식점이 생길 정도였다. 열흘 뒤 폐막할 예정이던 이 모노드라마는 수요가 초과하자 연장 공연에 들어갔다. 30℃가 넘는 무더위 속에 관객은 30평도 안 되는 지하 소극장에서 피터의 절규를 가슴에 새겼다.

인간 세상으로 잡혀온 원숭이가 원숭이로서의 존재를 포기하고 인간이 되려고 애쓰는 이야기는 관객에게 유신체제 아래의 한국 사회와 그 시대를 살아가는 실존을 떠올리게 했다. 〈빠알간 피이터의 고백〉에서 피터는 이렇게 말했다.

"총에 맞고 생포되어 의식을 차린 곳은 빠져나갈 구멍이 없는 철창 속이었습니다. 나는 출구를 찾으려 애썼지만 그 수송선에서 철창을 빠져나간다 해도 그것이 완전한 출구를 의미하는 것은 아니었습니다. 그래서 나는 원숭이이기를 그만둘 결심을 했습니다."

원숭이 '빨간 피터'는 자유라는 단어 대신 출구라는 단어를 쓴다. 철창에서 벗어나기 위해 그는 인간을 꼼꼼히 관찰하기 시작한다. 사람을 흉내 내며 언어와 춤, 노래와 연기까지 배운 피터는 서커스단에서 대성공을 거둔다. 〈빠알간 피이터의 고백〉은 그가 인간을 청중으로 한 학술원 강연회에서 자신의 삶을 돌아보며 숨겨진 진실을 들려주는 형식이다.

1970년대는 좀처럼 출구가 보이지 않는 엄혹한 시대였다. 이 연극은 카프카 작품답게 부조리하지만 직설적인 사회 비판은 없었다. 그랬다면 검열을 통과하지 못했을 것이다. 관객은 철장에 갇힌 피터가 출구 없는 삶을 어떻게 살아 냈는지 목격하면서 이 원숭이에게 묘한 동질감을 느꼈다. 자유를 억압당한 당대의 정치적·사회적 상황을 유추할 환상적 도피처를 이 연극이 제공한 셈이다.

공연을 시작한 지 보름 만에 예매표 1만 장이 팔려 나갔다. 추송웅은 링거 주사를 맞으며 하루에 4회 공연을 하기도 했다. 서울 공연 후 지방 투어에도 어딜 가나 구름 관객이 몰렸다. 소극장 연극을 4개월 동안 6만 명이 관람했다. 전대미문의 문화적 사건이었다. 신문들은 "한국 연극사에 신화가 탄생했다"고 보도했다.

박정자는 극단 자유 시절 추송웅과 상대역을 가장 많이 한 여배우였다. 그의 장례식에서 조사弔詞도 했다. 박정자는 당시 〈빠알간 피이터의 고백〉이 남긴 불도장을 이렇게 술회했다.

"극장에는 숨통이 막힐 정도로 열기가 가득했다. 까만 턱 시도 차림에 원숭이 분장을 한 추송웅의 연기는 너무 멋졌다. '야, 이것 봐라, 추송웅이 놀랍게 변신했네. 이제야 이 배우의 진가를 볼 수 있게 되었군'이라고 생각했다. 내 안에서 질투심이 부글부글 끓어올랐다. 나도 모노드라마를 할 거야!"

독창적인 연기로 추송웅은 단숨에 스타로 떠올랐다. 모노드라마 전성시대가 곧 열릴 참이었다. 나중에 알게 된 것이지만 모노드라마는 '배우의 무덤'이다. 배우가 가진 재능과 경험을 바닥까지 긁어내야 하고, 그럼에도 연극이 망가질 땐 그 또는 그녀의 연기 인생이 동반 추락하기 때문이다. 추송웅은 국내 최초의 모노드라마 〈빠알간 피이터의 고백〉으로 비로소 명배우로 거듭났다. 데뷔한 지 15년 만이었다.

다시 말하지만 그는 "어린 시절에 사팔뜨기 못난이 새까만 소년으로서 그 못생긴 나를 감추기 위해서 연극을 시작한" 배우다. 그런 추송웅이 〈빠알간 피이터의 고백〉을 계기로 "천의 얼굴을 가진 배우"라는 평을 받았으니 얼마나 드라마틱한 인생인가. 1979년에는 연극영화예술상(지금의 백상예술대상) 최우수 남자 연기상을 받았다. 1982년 대만에서 열린 국제연극페스티벌에서 공연한 추송웅의 〈빠알간 피이터의 고백〉은 우리나라 1인극이 해외로 나간 첫 사례로 기록되어 있다. 1984년에는 일본인이 기획해 도쿄에서 이 연극을 올렸다.

추송웅은 1977년부터 8년간 〈빠알간 피이터의 고백〉을 482회나 공연했다. 관객 15만 2천여 명을 모았다. 무대에 오른 추송웅은 객석의 시선을 한 몸에 받으며 혼자 말하고 혼자 움직이고 원맨쇼를 하면서 관객과 화학반응했다. 기나긴 공연 기간 동안 그가 먹은 바나나는 700개, 포도는 500근이 넘었다. 땀을 닦으라고 관객이 던져 준 손수건은 300여 장에 이르렀다고 한다.

배우는 이 배역 저 배역 '세 들어' 사는 존재다. 추송웅은 처음 대본을 받고 새 연극을 시작할 때 마치 새로운 연인을 소개받는 기분이라고 말한 적이 있다.

"그 연인에게 모든 생명수를 퍼부어 주다가 공연이 폐막하는 날 헤어져야 하는데 그 순간을 참 좋아해요. 그놈을 떼어 놓고 극장 밖으로 나오다가 슬쩍 뒤를 돌아보면 눈물을 흘리며 손을 흔들어 줍니다. 내가 죽었다고 하면 한꺼번에 다 달려들 거예요."

가장 잊을 수 없는 배역은 무엇일까? 이 물음에 추송웅은 망설임 없이 답했다.

"비록 원숭이지만 빨간 피터, 그 녀석이겠지요."

배우는 온몸을 이용해 연기를 한다. 스스로를 불태우면서 빛을 내는 불과 같다. 배우는 어둠 속에서 불꽃처럼 자신을 연소시켜야만 관객을 향해 빛을 비출 수 있다. 추송웅은 모노드라마 〈빠알간 피이터의 고백〉을 발판 삼아 돈으로도 권력으로도 닿을 수 없는 자기만의 세계로 도약했다. 그런 의미에서 이 배우에게 원숭이 피터는 불멸로 가는 출구였다.

내년이면 추송웅이 영영 무대를 떠난 지 40년이 된다. 연극평론가 안치운은 "추송웅은 연극이 처음으로 대중에 의해

소비되는 시대에 살면서 대중과의 만남에 가장 탁월했던 배우였다"며 "배우의 광기는 억압하는 모든 것에 대한 도전의식과 반항의식의 표출이다. 그는 광기를 온몸으로 발산하며 가장 극적인 삶을 살다간 우리 시대의 광대"라고 평가했다. 카프카 타계 100주년에 추송웅의 빨간 피터를 그리워하는 이유다. '빨간 피터 = 추송웅'이라는 전설은 여간해선 깨지지 않을 것이다.

카프카 연보

1883년   7월 3일 화요일 프라하에서 헤르만 카프카와 줄리 카프
카 부부의 장남으로 출생했다.

부모는 모두 유대인. 카프카의 부친은 가난한 집안에서
태어나 자수성가한 끝에 프라하에서 잡화점을 운영했다.
그는 상점을 홍보하기 위해 참나무에 앉은 까마귀를 상
점의 로고로 삼았다. 참나무는 독일인들 사이에서 야망
을 상징했고, 카프카는 체코어로 까마귀를 뜻했다.

7월 10일 카프카의 할례식이 열렸다.

1885년   9월 11일 카프카의 남동생 게오르그 출생.

1886년   12월 5일 홍역으로 숨졌다.

1887년   4월 10일 카프카의 남동생 하인리히 출생.

1888년   4월 10일 뇌막염으로 숨졌다.

1889년   9월 22일 카프카의 여동생 가브리엘레 출생.

이때 카프카는 프라하 중심가의 독일계 초등학교에 입학했
다. 부친이 아들에게 독일어 교육을 시키기로 결심했던 것.
사업 수완이 좋고 생활력이 강한 부친은 집안에서 가부장
제의 권위를 내세웠고, 자식들을 엄하게 일방적으로 훈육
했다. 그로 인해 카프카는 어릴 때부터 아버지를 거인으로
여기면서 복종했다. 성인이 돼서는 내면의 최종심급에 폭
군처럼 자리 잡은 아버지의 억압으로부터 벗어나고자 애
썼다.

1890년   카프카 부친의 상점이 번창했다.

9월 25일 카프카의 두 번째 여동생 발레리가 태어났다.

1891년   카프카는 독일계 초등학교에 다니면서 체코어 수업도 계속 들었다. 그래서 그는 두 언어를 능숙하게 넘나들게 됐다.

1892년   세 번째 여동생 오틀라 출생.

그녀는 카프카가 가장 예뻐한 동생이었다.

1893년   9월 오스트리아 왕립 김나지움에 입학.

1896년   유대교회당에서 카프카의 성인식이 열렸다.

1901년   프라하의 카를대학에 입학.

처음에는 화학과에 등록했지만, 보름 만에 올바른 선택이 아니라는 것을 깨닫곤 법학으로 전공을 바꿨다. 동시에 철학사와 예술사 강의도 들었다.

1902년   평생의 벗이 될 막스 브로트를 만남.

브로트는 당시 이미 청년 작가로서 활동하는 프라하 문화계의 샛별이었고, '쇼펜하우어 철학의 운명과 미래'를 주제로 한 강연회를 이끌었다.

1903년   본격적으로 문학 수업을 쌓기 시작. 문예지 〈디 노이에 룬트샤우〉와 〈데어 쿤스트바르트〉를 정기구독.

집 앞 기성복 판매점의 점원 아가씨를 사귀면서 성에 눈을 떴다.

1904년   단편 소설 〈어느 투쟁의 기록〉 집필 시작.

프라하에서 법학 공부를 계속했다.

1905년   법학 공부에 지친 심신을 치유하러 오스트리아 쉴레지에의 요양소에 들어갔다. 오스카 바움 등 평생에 걸쳐 우정을 나눌 친구들을 만남.

1906년   법학박사 학위 취득. 변호사 사무실에서 견습생 과정을
          거친 데 이어 지방형사법원에서 무보수 실습생으로 근무
          했고, 지방민사법원에서 실습을 마쳤다.

1907년   단편 소설 〈어느 투쟁의 기록〉 초고를 완성.
          단편 소설 〈시골에서의 결혼 준비〉 집필.
          이탈리아계 보험회사 아시쿠라치오니 게네랄리의 프라
          하 지사에서 근무했다. 격무에 시달린 나머지 이내 다른
          직업을 구하려 했다.

1908년   카프카는 격월간 잡지 〈히페리온〉 1~2월호에 〈관찰〉이
          란 제목으로 8편의 단편 산문을 발표했다.
          7월 15일 그는 건강상의 이유로 보험회사를 그만두었다.
          8월에 노동자재해보험공사에 입사함. 1922년 7월 폐결
          핵 악화로 조기 퇴직하기 전까지 재직했다. 근무시간이
          토요일을 포함해 오전 8시부터 오후 2시까지라서 글을
          쓸 시간을 챙길 수 있었다.

1909년   9월 4일부터 14일까지 병가病暇를 얻어 막스 브로트와 그
          의 동생 오토 브로트와 함께 이탈리아 북부로 여행을 떠났
          다. 에어 쇼 대회를 관람하고 여행기를 씀.

1910년   일기를 쓰기 시작했다. 프라하의 문화 살롱에서 물리학자
          알베르트 아인슈타인, 필리프 프랑크, 철학자 크리스타인
          폰 에렌펠스 등이 행한 강연을 열심히 들으면서 지성의
          수련을 심화했다. 7월부터 프랑스어를 익힌 뒤 10월 프랑
          스 파리 여행. 12월 초 독일 베를린 여행.

1911년   8월 26일부터 9월 13일까지 막스 브로트와 함께 이탈리
          아 여행을 즐겼다. 두 사람의 공동 소설 《리하르트와 자무
          엘》을 구상하고 추진했지만, 끝내 마무리 짓지 못했다.

8월 13일 막스 브로트의 소개로 펠리체 바우어를 만났다.

1912년 9월 20일부터 그녀와 서신 교환 시작. 두 사람 사이에 오고간 편지는 1917년 관계가 파탄에 이를 때까지 무려 500여 통이나 됐다. 당시 스물네 살의 펠리체는 베를린의 한 주식회사에서 속기 타자수로 근무 중이었고, 문화 예술에도 조예가 깊었다. 카프카는 건강하고 활달하면서 현실적으로도 유능한 그녀에게 매력을 느꼈다. 결혼생활을 하면서 글을 쓸 수도 있겠다고 생각한 듯.

9월 22~23일 밤사이에 단편 소설 〈선고〉를 써냈다.

9월 26일부터 장편 소설 《실종자》를 쓰기 시작했다.

11월 17일부터 12월 6일까지 장차 대표작이 될 소설 《변신》을 집필했다.

12월 4일 소설 〈선고〉의 공개 낭독회가 프라하 슈테판 호텔에서 열렸다.

12월 10일 카프카의 단편 산문 18편을 모은 첫 번째 저서 《관찰》을 독일의 로볼트출판사에서 출간했다.

1913년 3월 베를린에서 펠리체 바우어와 재회했다.

5월 그녀에게 헌정한 소설 〈선고〉가 독일 라이프치히에 있는 쿠르트볼프출판사의 연간지 〈아르카디아〉에 발표됐다. 같은 달에 미완성 장편 소설 《실종자》의 1부 〈화부〉가 쿠르트볼프출판사에서 단행본으로 출간됐다.

오스트리아의 빈, 이탈리아의 베니스 여행.

11월 소설 《변신》 후속 작업을 벌여 12월 완성.

1914년 6월 1일 펠리체 바우어와 약혼. 하지만 카프카는 과연 창작에 몰두하면서 정상적인 결혼생활을 할 수 있을지에 대해 자신감을 잃기 시작했다.

결국 심리적 불안에 시달리다가 결혼을 부담스러워한 나
머지 7월 12일 파혼을 선언했다.

7월 28일 제1차 세계대전 발발. 카프카도 징집 대상에
포함. 하지만 노동자재해보험공사가 그를 행정 업무에
꼭 필요한 법률 전문인력이라면서 정부에 이의 신청을
냄으로써 군복무가 무기한 연기됨.

8월 장편 소설 《소송》 집필 시작. 10월에 휴가를 얻어서
《소송》을 계속 써 나갔고, 단편 〈유형지에서〉 집필 완료.

11월 펠리체의 부친 사망. 카프카는 펠리체 가족의 불행
이 자기 탓이라고 자책.

1915년   1월 펠리체 바우어와 재회. 관계 회복을 모색.

《소송》 집필 계속.

9월 7일 《소송》에 삽입된 우화 〈법 앞에서〉가 잡지 〈젤프
스트베어〉에 발표됐다.

10월 중순 소설 《변신》이 월간지 〈바이센 블래터〉에 실
린 뒤에 12월 쿠르트볼프출판사에서 단행본으로 출간
됐다.

1916년   노동자재해보험공사에서 오후 근무가 시행됨에 따라 카
프카는 업무 과중에 시달렸다.

7월 2일부터 13일까지 펠리체 바우어와 함께 마리엔바
트로 휴가 여행.

7월 10일 두 사람이 다시 약혼하기로 결정.

10월 말 소설 《선고》 단행본 출간.

뮌헨에서 소설 〈유형지에서〉 낭독회.

1917년   단편집 《어느 시골 의사》에 수록될 단편 소설 10여 편을
대거 집필.

7월 펠리체와 헝가리 여행. 귀가하자마자 병세를 느낌.

8월 12~13일 밤 각혈한 뒤 폐결핵 진단을 받음. 노동자 재해보험공사에서 8개월의 휴가를 얻음.

9월 12일 여동생 오틀라가 살고 있는 시골 마을 취라우로 요양하러 가서 1918년 4월 30일까지 그곳에 머묾. 100여 개의 아포리즘 집필 시작. 건강은 나빠졌지만, 카프카 특유의 사상과 언어가 발현되기 시작.

12월 25일 프라하로 돌아와서는 건강 악화를 이유로 내세워 펠리체 바우어와 또다시 파혼하고 영원히 이별.

소설 〈학술원에 드리는 보고〉를 일간지 〈오스테라이히쉐 모르겐자이퉁〉에 발표.

1918년   1월 6일 취라우로 돌아갔다. 5월 2일 프라하의 노동자재해보험공사에서 다시 근무. 유럽의 유대인들 사이에서 팔레스타인 지역으로 집단 이주하자는 시온주의 운동 열풍에 영향을 받아서 히브리어를 익힘.

10월 오스트리아-헝가리 제국이 붕괴하고, 11월 체코슬로바키아 공화국 수립.

1919년   1월 휴양과 치료를 위해 프라하 북쪽의 작은 마을 셸레젠에 머묾. 역시 폐결핵 치료를 받으러 온 양장점 점원 율리 보리체크를 만나서 동병상련을 느낌.

3월 펠리체 바우어가 베를린의 은행원과 결혼.

(그녀는 1936년 나치 독일의 박해를 피해서 미국으로 이주해서 정착했다. 1950년대에 재정적 이유 때문에 카프카로부터 받은 편지를 쇼켄출판사에 팔아 넘겼다. 1960년 사망.)

카프카는 펠리체의 결혼 소식을 막스 브로트에게서 전해 들은 뒤 죄책감에서 벗어났다.

9월 중순 율리 보리체크와의 약혼.

카프카의 부친은 그녀가 과거에 매춘부 생활을 했다는 소문에 격분해서 아들의 결혼을 적극 반대. 카프카는 소문에 개의치 않겠다면서 시청에 결혼식 일정을 통고. 동시에 그는 아버지로부터 사랑과 이해를 얻어서 부자 관계를 개선하려고 여러 통의 편지를 썼다. 하지만 그 편지를 읽어 본 여동생 오틀라가 오히려 관계를 악화시킬 것이라고 만류한 바람에 부치지는 않았다.

카프카는 신혼살림을 차리기로 한 집을 구하지 못한 탓에 결혼식을 무기 연기. 그로 인해 자신의 무능력을 탓하다가 신경쇠약 증세까지 보이면서 스스로를 결혼생활에 부적격한 사람으로 여김.

1920년   여전히 투병 생활. 2월 소설 〈화부〉를 체코어로 번역하겠다고 나선 체코의 여성 언론인 밀레나 예젠스카를 알게 됨. 밀레나는 체코 문인 에른스트 폴락과 결혼한 상태였다. 그녀는 남편과 함께 오스트리아 빈에 살면서 현지 기사를 프라하 일간지에 열성적으로 기고해 명성을 얻었다. 카프카는 그녀의 젊음과 재기발랄함에 매료됨. 밀레나는 남편의 방탕한 생활에 힘들어하던 중 카프카의 인품과 문학에 점차 빠져들었다. 두 사람 사이에 열정적 서신 교환이 이뤄짐.

4월 카프카는 동부 알프스 산맥에 위치한 휴양지 메란에서 요양생활. 4월 말 카프카의 단편 모음집《어느 시골 의사》가 쿠르트볼프출판사에서 출간됨.

6월 말 프라하로 돌아가던 카프카는 빈에서 밀레나를 만나 나흘을 함께 보냄.

7월 4일 프라하에 와서는 밀레나와의 사랑 때문에 율리 보르체크와 파혼(6개월 뒤 그녀는 은행원과 결혼).

12월 카프카는 슬로바키아의 고산 지대 타트라 마틀리아리의 요양원에 들어갔다.

1921년 1월 밀레나에게 결별을 요구. 밀레나가 선뜻 남편과의 이혼을 결심하지 못했고, 카프카는 건강이 좀처럼 나아지지 않았으므로 그녀와의 결혼이 불가능하다고 판단. 그 후 밀레나는 카프카를 여러 번 찾아왔지만 열애 시절로 되돌아가진 못함.

그해 겨울 카프카는 유언장을 작성하면서 막스 브로트에게 자신이 세상을 뜰 경우에 일기를 비롯한 모든 작품 원고와 편지를 불태워 달라고 부탁했다.

1922년 1월 장편소설《성》집필 시작. 6월 건강 악화로 인해 노동자재해보험공사에서 조기 퇴직. 10월 잡지 〈디 노이에 룬트샤우〉에 단편 소설 〈단식 광대〉 발표.

1923년 발트해의 뮈리츠로 요양을 떠났다가 그곳의 '베를린 유대민족 요양 보호소'에서 보조 교사로 근무한 폴란드 출신의 유대인 여성 도라 디아만트를 사귀게 됨. 두 사람은 베를린에서 아파트를 얻어 동거생활을 시작. 제1차 세계대전의 패전국이 된 독일의 경제상황이 열악해진 탓에 두 사람은 극심한 생활고에 시달렸다. 그럼에도 도라는 카프카를 극진히 간호했다.

1924년 막스 브로트가 3월 17일 카프카를 프라하로 데려왔지만, 도라는 베를린에 남았다. 3월 20일 카프카의 목구멍이 크게 부어올라, 먹거나 말하는 데 극도의 어려움을 겪음. 그럼에도 그는 침대에 누워 글을 썼다.

단편 소설 〈요제피네, 여가수 혹은 쥐의 종족〉을 체코의 일간지에 발표.

병세가 악화되자 도라가 카프카를 오스트리아의 빈대학병원으로 옮김. 후두 결핵판정을 받았을 때 체중은 49kg. 치료를 위해 키어링에 있는 요양소로 이동한 뒤 도라가 밤낮으로 간호. 카프카는 도라와 결혼하고자 했지만, 그녀의 부친이 반대.

6월 3일 카프카 타계.

6월 11일 프라하 스트라코니체에 새로 조성된 유대인 공동묘지에 묻힘.

지은이 · 옮긴이 소개 (가나다순)

김태환

1991년 〈조선일보〉 신춘문예 평론 부문에 당선했다. 현재 서울대 독어독문학과 교수이다. 지은 책으로 《문학의 질서》, 《미로의 구조》, 《우화의 서사학》, 《실제 저자와 가상 저자》, 《우화의 철학》 등이 있고, 옮긴 책으로는 《모던/포스트모던》, 《피로사회》, 《투명사회》, 《에로스의 종말》, 《변신 · 선고》 등이 있다.

김행숙

1999년 〈현대문학〉으로 등단했다. 시집으로 《사춘기》, 《이별의 능력》, 《타인의 의미》, 《에코의 초상》, 《1914년》, 《무슨 심부름을 가는 길이니》가 있고, 산문집으로 《에로스와 아우라》, 《천사의 멜랑콜리》, 《사랑하기 좋은 책》 등이 있다.

김혜순

1978년 〈동아일보〉 신춘문예 평론 부문에 입선했고, 1979년 〈문학과지성〉에 시를 발표하며 작품 활동 시작했다. 지은 책으로 시집 《또 다른 별에서》, 《아버지가 세운 허수아비》, 《어느 별의 지옥》, 《우리들의 음화》, 《나의 우파니샤드, 서울》, 《불쌍한 사랑 기계》, 《달력 공장 공장장님 보세요》, 《한 잔의 붉은 거울》, 《당신의 첫》, 《슬픔치약 거울크림》, 《피어라 돼지》, 《죽음의 자서전》, 《날개 환상통》, 《지구가 죽으면 달은 누굴 돌지?》 등이 있다.

박돈규

2000년 〈조선일보〉에 입사해 공연, 영화, 출판 등 경력 대부분을 문화부에서 채웠다. 지금은 〈조선일보〉 주말 섹션 '아무튼, 주말'을 만들고 있다. 뉴스를 발견하고 흥미롭게 전달하는 방식을 고민한다. 삶의 겉과 속, 이쪽과 저쪽을 연결하는 배관공이라 생각한다. 지은 책으로 《뮤지컬 블라블라블라》,《월요일도 괜찮아》,《여기쯤에서 나를 만난다》 등이 있다.

박해현

〈중앙일보〉 기자를 거쳐 〈조선일보〉에서 파리 특파원, 논설위원, 문학 전문기자로 30여 년간 일했다. 현재 나남출판 주필이자 전문번역가이다. 옮긴 책으로는 카뮈의 《이방인》,《결혼》,《여름》 등이 있고, 공저로는 《해남 땅끝에 가고 싶다》,《한국 문화유전자 지도》 등이 있다.

신형철

2005년 〈문학동네〉에 글을 발표하면서 비평 활동을 시작했다. 조선대 문예창작학과 교수를 거쳐 현재 서울대 영어영문학과 교수이다. 지은 책으로 《몰락의 에티카》,《느낌의 공동체》,《정확한 사랑의 실험》,《슬픔을 공부하는 슬픔》,《인생의 역사》 등이 있다.

오은환

성장기에 독일, 프랑스, 영국, 일본 등에서 거주하며 언어에 대한 관심을 키웠고, 에밀 졸라에 반해 불문학을, 카를로 크리벨리에 반해 미술사를 전공했다. 현재 나남출판의 편집자로 일하면서 하버마스의 《탈형이상학적 사고》를 편집하고 있다.

이기호

1999년 〈현대문학〉 신인추천공모에 당선되면서 작품활동을 시작했다. 소설집으로 《최순덕 성령충만기》,《갈팡질팡하다가 내 이럴 줄 알았지》,《김 박사는 누구인가?》,《누구에게나 친절한 교회 오빠 강민호》, 장편 소설로 《사과는 잘해요》,《차남들의 세계사》,《목양면 방화사건 전말기》 등이 있다.

최승호

1977년 〈현대시학〉으로 등단했다. 지은 책으로 시집 《고슴도치의 나라》,《진흙소를 타고》,《반딧불 보호구역》,《대설주의보》,《세속도시의 즐거움》,《그로테스크》,《아무것도 아니면서 모든 것인 나》,《고비》,《아메바》,《방부제가 썩는 나라》,《눈사람 자살 사건》 등이 있다.

나남
nanam Tel: 031-955-4601
www.nanam.net

나남출판 원고지